KB120343

나의 아름다움과　　　　다를지언정
너의 아름다움이

최현우
산문집

나의 아름다움과 너의 아름다움이 다를지언정

한겨레출판

작가의 말

오늘은 오랜만에 국을 끓였다. 냄비에 물을 넣고 보글보글 작은 공깃방울이 떠오르는 순간까지 밥솥에서 피어오르는 곡식의 냄새를 맡으며 개수대 위로 난 쪽창 너머를 보고 있었다. 운이 좋게도, 옆 건물 화단에는 도심에서 보기 힘든 큰 감나무가 자란다. 매일 붉어지는 감을 보고 있으면 지난여름의 멍울이 쌀쌀한 허공에 맺힌 듯 보이기도 한다. 감과 마찬가지로 봄에 꽃이 피면 나는 내내 울적해진다. 남들 꽃놀이 갈 때 집에 틀어박혀 이불을 뒤집어쓰고 있는 사람이 나다. 이런 기질을 줄곧 천형처럼 여기며 살았다. 가라앉은 삶을 드러내는 일이 과연 누군가에게 쓸모 있는 일이 될 수 있을까. 그런 확신은 시인으로 호명된 후로도 내내 한 번도 가진 적이 없다.

'복종'과 '순종'의 차이에 관해서 오래 골몰해왔다. 다른 이의 세상이나 그 뜻을 따라가는 일뿐만 아니라, 자신의 삶에 스스로 순종할 것인지 어쩔 수 없이 복종할 것인지, 그게 과연 선택에 따라 달라질 수 있기나 한 일인지. 아무도 내게 강요한 적 없는 질문에 적절한 대답을 생각하느라 나는 많은 밤을 뜬눈으로 지냈다. 고민한다고 고통의 부위가 바뀌는 일은 아니었지만, 어떤 나날은 때로 모든 시간이 지난 뒤에야 나의 날들이 아니었음을 알게 되거나 혹은 그때야말로 내게 주어진 진실한 행운의 날들이었음을 뒤늦게 깨닫고는 했다. 나는 차라리 운명과 내통하는 사람이고 싶었다. 나의 의지와는 상관없이 삶의 안쪽으로 갑작스레 쳐들어오는 모든 슬픔과 아픔, 기쁨과 즐거움 앞에서 스스로 영혼의 향방을 결정할 수 있는 사람이고 싶었다. 물고기가 그물 치는 어부의 손에서 벗어남과 같이, 사슴이 사냥꾼의 올무에서 떠나 힘껏 뛰며 숲속으로 도망침과 같이, 스스로 구원하라. 그러나 지금까지 나는 도망쳐야 할 곳에서 맥없이 주저앉거나 도망치지 말아야 할 곳에서 뒷걸음질 치며 살아온 것 같다. 그 후회를 극복하지 못할 때마다 조금씩 글을 적었다.

　이 책은 끝내 감추고 혼자만 간직하려던 일과 그럼에도 언젠가 한 번쯤은 하고 싶었던 말을 전부 쏟아 만들었다. 이 책에는 스물부터 서른이 될 때까지 쓴 글이 섞여 있다. 처음엔 부를 나누지 못할 만큼 막연한 한 덩어리였으나 가까스로 손을 대어 3부로 나눴다. 한 번 즐기고 영원히 덮어두어도 기분 좋게 하는 책을 만들고 싶었지만,

그을음처럼 눌어붙은 이십대의 자국들을 온전하게 걷어
내지 못했다. 허황된 포부였다. 다만, 과거의 나로부터 이
런 내가 되기까지, 내가 도착한 삶의 서사를 있는 그대로
따랐다. 진부한 방법일지라도 혼자로 시작해서 우리로 끝
을 맺는 책을 한 번쯤은 만들고 싶었다.

    1년 전, 뜻밖의 제안을 건넸던 김진주 편집자님은 내
가 세상에 어떤 위로를 건넬 수 있으리라 믿는다고 말해
주었다. 출간기획서만으로 저자를 감동시킬 수 있는 편
집자는 단연코 흔치 않다. 고백건대, 이 책에 어떤 위안이
깃들어 있다면 그건 이 책의 편집자가 담은 밝은 선의와
지치지 않는 응원이 슬며시 배어나오기 때문이다. 오래
망설였지만, 끝내 우회해 설명할 수는 없어 기록한 유년
의 이야기를 보고 엄마와 아빠가 마음 깊게 다치지는 않
았으면 하고 바란다. 나는 당신들의 자식이어서 조금 아
팠지만 결국 행복했고 늘 다행이었다. 항상 조용하고 착
한 동생에게는 다음 생엔 역할을 바꿔 나의 누나로 태어
나라고 말하고 싶다. 그때가 오면 너를 따라하며 좋은 동
생이 되어보겠다고. 그리고 단 한 사람, 이윤주에게. 아
내가 아니었다면 이 책은 소리 없는 비명과 눈물로 끝나
는 책이 되고 말았을 것이다. 그가 이미 그러했듯, 나 역시
그가 살아남아 건너야 할 모든 순간에 동참하고 싶다. 그

가 울면 나의 모든 절망이 거기에 있고, 그가 웃을 때 나의 희망은 모든 세상을 이기고 전부 거기에 있다.

　복종은 누군가 나의 무릎을 꺾는 일이고 순종은 스스로 무릎을 꿇는 일이다. 내가 말할 수 있는 건 나의 우여곡절뿐이고 이 책을 읽는 당신에게는 당신의 우여곡절이 있겠다. 그렇게 만들어진 나의 아름다움과 너의 아름다움이 다를지언정, 너의 무릎이 꺾일 때 나는 언제까지고 옆에서 함께 꿇는 무릎이고자 한다. 그게 내가 세상에서 할 줄 아는 유일한 작법이고 다른 방식의 사랑이 아직 생각나지 않는다.

겨울이 들어오는 쪽창을 닫으며
최현우

들어서며

세상의 모든 우산을 나눠 쓰다가
한쪽 어깨가 공평하게 젖고 싶었습니다.

우리의 폭염과 폭우와 폭설.

심장을 지우개처럼 쓰면서
새카만 악몽 속에서 춤을 추기도 했지만

잊은 듯이 살다가
잊지 않고 가겠다고

끝내 전부 감추지도 못하고
마음의 절반만 말랐습니다.

사람의 일일 것입니다.

1

저마다의 삶이
각자의 마음을
앓고 있을 때

침묵

가끔 침묵은 공평한 윤리 같기도 하다. 말을 보태고 관계를 내밀며 공고한 '우리'로부터 벗어나는 일. 거기에 내 자리가 있었으면 하고 바라는 편인데, 실은 그 중심에 닿지 못하는 자질을 외면하려는 심산인지도 모르겠다. 실상 단독자는 되지 못할 거면서 그런 척만 하는 그런 가면 같은 것.

나는 자주 침묵을 뒤집어쓰고 인형 놀이를 했다.

만남

가끔은 고개를 들어 하늘을 보는 일만으로도 여기가 아닌 다른 곳에 서게 된다.

만남을 생각할 때 만나게 될 사람과, 세상과 풍경보다가 만나고 난 뒤 지나왔으므로 더 이상 만날 수 없는 순간들이 떠올랐다. 끝나고 멈췄으니 더 이상 만날 일 없는 사람과 세상과 풍경을, 나는 어쩌면 한 번도 제대로 만나지 못한 건 아닐까, 생각했다. 그때는 몰랐고 어렸고 슬펐다. 나라는 영혼은 기어코 내가 살아서 지나온 기억의 전부보다 작다.

그러니까 미래는 도무지 알 수 없는 일이다. 당신 없이도 나는 살아남았고 많은 걸 버리고도 여전히 무언가 두 손 가득 들고 걷는다. 아무도 없는 곳에서 충분히 넘어졌다가 사람이 많은 곳에서는 울지 않았다. 알 수 없는 일은 알고 싶었지만 그럼에도 모르는 일은 모르고 흩어졌다. 다시 만나야 했다. 서툴지만 그렇게 버텨지는 삶도 있다고, 아마 그렇게 외딴곳에서만 벌어지는 일은 아닐 거라고. 잘 만들어진 행복에는 시간이 흘린 피들이 묻어 있었다. 그 피들을 마른 헝겊으로 닦고 싶었다. 간혹 반들반들하게 닦인 기억에는 우스꽝스럽게 구부러진 내 얼굴이 다시 묻었다.

내가 당신들에게 악몽이 아니었기를. 내게 당신들이 결국 불행이 아니었음을 이제는 알 것 같으므로.

이 글을 적는 오늘 밤은 갑작스런 겨울이 왔다. 본가에 두고 온 두꺼운 외투들이 생각났다. 내일 나는 조금 떨면서, 다정했던 어깨들을 만날지 모르겠다.

앞으로는 아름답지 않아도, 괜찮을 것 같다.

천변에서

천변에서 살았다. 독립을 시작하자마자 2년 정도를 불광천 바로 옆 빌라 꼭대기 층 작은 원룸에서 살았다. 고작 여섯 평이었지만, 어떤 우주는 여섯 평으로도 충분했다. 오롯이 혼자서 요리를 하고 빨래를 하고 청소를 하는 일이 내게 소행성 B612에서 사는 어린 왕자의 마음을 주기도 했다. 작은 화분에 고무나무를 키우기도 했다. 식물의 각도를 매일 들여다보는 즐거움도 거기서 알았다. 밤새 비가 오면 물이 살찌는 소리도 들렸다. 벚꽃 놀이를 하는 시기에는 천변에서 재잘대는 아이들과 연인들도 꽃처럼 보였다. 그때 기분은 자주 불안했고 시간은 아무런 보장 없이 두렵게 흘렀지만, 마음은 종종 낭만적인 색깔이었다. 그곳에서 서툴게 시작한 연애는 서툴게 끝나기도 했고, 유년을 내내 따라다녔던 혈연의 지독한 사연도 거기서 끝이 났다. 마음의 병이 생기기도 했었다. 죽음이 만든 가상의 형체와 싸우고는 했다. 물가에 살아서였을까. 너무 많은 삶이 나를 지나갔다.

첫 시집 실물을 처음 받아들고는 무작정 불광천으로 갔다. 물을 따라 걷는 일은 무한히 지속할 수 있는 동행자와 걷는 일이니까. 물의 방향으로 걸었다. 막상 손에 쥔 건 단순히 책의 형태였다. 6년이 걸렸던가. 아니, 내게는 그보다 더 걸렸다. 여기까지 오면 어떤 느낌으로든 강렬한 감정에 휩싸일 거라고 생각했었다. 기쁨이거나 절망이거나 성취나 치욕, 허무, 우울과 슬픔을 적당히 반죽한 그 어떤. 그러나 손에 느껴지는 감촉은 하루에도 몇 번씩 만지고 던져놓는 책의 물성에서 벗어나질 않았다. 다소 허탈하지만, 그것이 또 우스워서 기분이 괜찮았다.

물이 차분했고 길이 순했다. 개천을 따라 오리들이 높게 날았다. 보랏빛 저녁이 오고 있었다. 천변을 따라 늘어선 술집에서부터 고소하거나 달큼한 냄새가 따라오기도 해서 차고 투명한 소주 생각이 들었다. 문득 익숙한 길에 접어들기 전까지는. 아, 여기는.

하고 싶은 말을 하고 싶은 만큼, 살고 싶은 대로 살고 싶은 만큼. 그렇게 살아보려고 나는 너무 많이 돌아다녔던 건 아닐까. 남에게 손 벌리는 일은 또 죽기만큼 싫어서 괜찮은 표정을 연습해가며 숨어 다니고는 했지만. 하는 수 없이 울어야 끝날 것 같은 일이 생길 때는 물가에서 울었다. 취해서 울다가 아침까지 잠들기도 했던 천변의 벤치가 뽑히고 없었다. 딱 이 자리였는데. 귀퉁이가 삭고 삐걱거렸던 나의 의자가 사라지고 없었다. 그 자리에서 별안간 눈물이 났던 건 지금 생각해도 머쓱한 장면이다. 불광천의 수많은 산책자에게 민망했다. 아직 풀이 자라지 않고 자국이 남아 있는 맨땅에 들고 갔던 첫 시집을 버리듯이 던져두고 발길을 돌렸다. 돌아오면서도 울음이 나서 가로등 불빛을 피해서 걸었다. 어렵고 부끄러운 날이었다. 나는 이제 천변에서 멀리 산다. 아마 앞으로는 더욱 멀리 가서 살 테지만, 나의 천변, 나는 천변에서 살았다고 말할 수도 있을 것이다. 그러니까, 한 시절의 물가에서 양말을 벗고 담가두었던 발을 이제 닦는다고. 다시 걷는다고.

가만히,
중간

그를 만났다. 오랜만에 만난 그는 기억 속에 들어 있던 모습보다 수척했다. 티셔츠가 헐렁했고 바짓단도 펄럭거렸다. 타인의 신체를 훑어보는 것 자체가 무례한 일이지만, 내가 아주 잠깐 머뭇거리는 걸 눈치챘는지 그는 이상하게 살이 빠진다며 머쓱해했다. 고기 먹자. 그를 끌고 근처 식당으로 갔다. 그는 소주잔을 홀짝거릴 뿐 음식에는 젓가락을 영 가져가지 않았다. 그의 그림자는 유독 조금 무거워 보였다. 으레 쓸데없는 말을 하며 시간을 보내다가 문득 물었다. 별일 없었냐고. 별일 없었다며 그는 자기가 최근 겪은 황당하고 재밌는 일을 말하기 시작했다. 취기가 오른 우리는 그래도 얼굴 보니 좋다, 자주 보자, 또 연락하자는 상투적인 인사를 하고 헤어졌다. 그 후로 그를 만나지 못하고 세월이 지났다.

다른 친구를 만난 날에는 영 지쳐버려서 집으로 빨리 가고 싶었다. 말의 모양은 주어가 없었지만, 주변 동료들의 이야기부터 시작해서 자신이 이번에 유명한 사람들과 함께한 저녁 식사 이야기까지, 자신을 중심에 놓고 세상을 이리저리 편집하는 솜씨는 퍽 놀라웠다. 앵무새처럼 정말? 그래, 우와, 그랬구나 같은 추임새만 넣다가 돌아온 집에서는 얼굴의 광대뼈가 뻐근했다. 광대라는 부위는 누가 광대라고 이름 붙였을까. 흡사, 광대의 슬픔은 광대뼈의 아픔에서 출발하는지 모른다. 그 친구와는 슬며시 떨어지다가 영영 멀어졌다.

자신을 사랑하는 사람과, 자신을 사랑하지 못하는 사람. 그 중간에 있을 수는 없을까. 자의식 과잉과 자의식 결핍의 어느 부분에서 우리는 늘 흔들리며 사는 것 같다. 집 안의 불을 어둡게 해두고 벽에 비치는 그림자를 볼 때면, 사물의 고요함을 배우고 싶다는 생각이 든다. 흔들리지 않는 편안함 같은 것. 끝내 자꾸 흔들리느라, 어떤 감정은 구토처럼 쏟아진다.

코코가 침대로 올라와 내 옆구리에 엉덩이를 붙이고 눕는다. 그래, 세상에 나 말고도 사랑할 것은 많다. 지금, 나의 강아지가 부드러운 엉덩이로 마음을 멎게 해주는 이 저녁처럼.

야간
진료

몸이 두렵다.

뼛속이 부서지는 듯한 냉기가 흐르는 걸 느끼며 떠오른 생각이었다. 잔병을 환절기마다 꼬박꼬박 앓는 몸이었으나, 이 정도로 아픈 적은 없었다. 처음으로 느껴보는 고열과 통증은 몸이라는 게 죽을 수 있는 물질이라는 걸 알게 했다. 나는 바닥을 기다시피 가서 여섯 평 원룸의 불을 켰다. 처음으로 독립한 작은 원룸이 기어코 관이 될지도 모르겠다는 공포가 엄습했다. 병원. 병원에 가야 한다. 시각은 자정을 훌쩍 넘기고 있었다.

119를 눌러야겠지만, 정신을 잃고 만다면 응급요원이 현관을 뜯고 들어와야 할지도 모른다. 나를 발견하고 들것에 싣고 가까운 응급실을 향해 간다. 이름이 뭔지, 보호자가 있는지, 신상을 수배하는 동안에 나는 영영 생명을 놓고 허망한 눈빛의 혼령으로 육신을 지켜보게 될지도 모른다. 그리고 이 집은 월세인걸. 내 집이 아니다.

생각이 거기까지 미치자 119 대신에 엄마의 번호를

찾았다. 나는 어리광을 곧잘 하는 아들이지만, 차로 한 시간 이상 걸리는 본가에서 엄마가 달려오는 동안 엄마가 느낄 불안과 공포가 과연 정당한 걸까. 번호를 누르려다 망설였다. 아무래도, 엄마는 안 돼. 나는 예민하고 어리석으나 끝내 썩썩한 아들로 기억되고 싶다.

　　택시를 타고 달려온 종민이는 바닥에 주저앉아 있는 나를 일으켰다. 형 괜찮냐고, 왜 이렇게 됐냐고 묻는 목소리가 귓가에서 들떠 외국어처럼 들렸다. 종민이를 불렀던가? 구리에 사는 종민이가 오는 동안 잠시 정신을 잃었던 것 같았다. 나, 병원 좀. 병원에 좀. 종민이가 구급차를 부르려는 걸 만류하고 택시를 탔다. 그 정도의 의식이 있었고 두 다리가 움직였다. 아직, 큰일이 아냐. 그렇게 생각하고 싶었다.

　　내가 감당하는 고통을 타인의 탓으로 돌리고 싶지는 않다. 삶에서 만난 사람들은 내게 자주 친절했고 가끔 모질었으나, 그 모두가 때로 공평하게 여겨지기도 했다. 냉정한 자들은 현상 속에서 차분해지는 법을 내게 가르쳤으며, 다정한 자들은 혼자가 아닌 시간을 누구도 다치지 않게 지내는 법을 가르쳐줬다. 그러나 냉정은 사람을 쉽게 믿지 못하게 하기도 했고, 다정은 사람에게 똑같은 다정을 값으로 받으려는 기대를 만들고 실망스럽게 하기도

24

했다. 이는 모두 공평한 체험이었다. 삶이 어그러지는 순간에, 나는 나 자신 속에서 삶의 정당한 이유를 찾을 때까지 깊게 혼자 있었다. 다만 지금은, 그러다가 병이 난 것이다. 오래도록 집 밖에 나가지 않았고 사람을 오래 떠났으므로.

야간 진료실의 당직 간호사에게 잠시 기다리라는 말을 듣고 대기실에 앉았다. 종민이는 내심 굳은 표정이었다가 눈이 마주치면 으레 실없는 소리로 분위기를 펴보려고 했다.

"되게 오래 지내면서 형이 이렇게 아픈 건 처음 보네요. 나 몰래 비싼 술 마시고 술병 난 거 아냐?"

"내가 너냐."

술로 마음이나 생각에 덮인 독을 씻어내는 사람들이 부러웠다. 나는 술을 꽤 많이 마실 수 있고 술과 곁들여 먹는 음식의 즐거움을 알고 있지만, 집에서 혼자 술을 마셔본 적은 거의 없다. 술은 자주 내가 감춰두고 싶은 우울을 끄집어냈고, 혼자 있을 때 그런 기분에 젖어 제어하지 못하는 건 절대 내가 유지하고 싶은 상태가 아니었다. 그러니까 나는 술을 자주 즐기는 편은 아니었으나 선천적으로 능력이 좋은 간 때문에, 나와 주량을 겨루던 자들은 내가 술꾼이라는 이미지를 가지기 원했다. 그러나 전혀.

나는 슬프거나 괴로움 속에 있을 때 술 생각이 나질 않는다. 오히려 술로 인해 정확하고 명확하게 상황과 생각을 파악하지 못하는 상태를 경멸한다. 술로 인해 서먹한 사람과 갑작스레 친구가 되어 돌아오면 다음 날엔 감당할 수 없는 부끄러움이 몰려왔다.

의사는 내게 당시 유행하던 새로운 독감이 의심된다고 했다. 노약자가 걸리면 사망할 수도 있다던 질병이었다. 그러나 검사 키트 결과가 음성으로 나왔고, 의사는 처방한 일반 감기약을 먹고도 낫지 않으면 큰 병원에서 다시 검사해보라며 바로 지급할 수 있는 진통제를 쥐여주었다. 나는 종민이를 부른 일을 후회했다. 만약에 전염성이 있는 질병이라면, 종민이가 위험하다. 병원을 나와서 종민이를 먼저 보내려고 했으나 종민이는 기어코 나를 집에 바래다주었다. 자기가 더 젊으니 걱정하지 말라고 천연덕스럽게. 헛웃음을 지을 때마다 폐가 아팠다. 지금까지 누군가에게 아프니까 도와달라고 해본 적이 없었는데.

밤중에 문을 연 약국은 없었고 아침까지 있겠다는 종민이를 내몰 듯 돌려보내자 다시 혼자만의 집이 시작되었다. 다행히 아까처럼 벽이 쏟아지고 방이 관이 되는 착란은 멈췄다. 나는 침대에서 이불을 끌고 내려와 바닥에 앉아 웅크리고 징검다리 같은 잠을 잤다. 입안에서 진통제 한 알을 녹여 먹었다.

 한없이 함께 있고, 함께 웃고, 기억을 떼어 나누던 사람이 내가 감지할 수 없는 장소에서 나의 마음을 가볍게 여기고 다닐 때. 그에게 내가 고작 그런 사람이었음을 알게 되었을 때. 믿었던 이의 이면을 알게 되고, 그것에 실망하고. 이런 일들은 너무나 상습적이고 별반 나쁜 일은 아닐 것이다. 사람과 사람의 사이에서 으레 일어나는 일이라는 걸 안다. 나의 병이 거기서 출발한 것은 아니었겠으나, 나의 삶 깊숙한 곳에 자리를 주었던 사람을 다시 도려내는 일은 나의 일부를 함께 도려내는 일이었을까. 나의 절연은, 내가 지불했던 믿음이 턱없이 모자라서 몸의 고통까지 끌어다가 인연의 값을 갚고 있는 걸까.

 햇볕에 눈을 떴다. 몸의 고통은 어젯밤보다 순해졌으나 기운이 없었다. 처방전을 들고 약국에 가서 약을 지어다 먹을 기운이 필요했으므로, 냉장고를 열었다. 거기에는 언젠가 먹다 남은 감자조림이 있었다. 혼자 사니까 밥을 잘 챙기지 못할 거라며 반찬을 선물하는 마음의 사람이었다. 그를 도려내느라 그가 남긴 음식을 집어 먹는 일. 그가 없는 자리로 그의 음식을 채워 넣는 일. 공복은 몸이 아닌 곳에 있었고, 감자조림을 그곳으로 삼켜 넘기고 있는 것 같아서 작은 울음이 터졌다.

그럼에도 몸이 살아갈 것이므로, 마음 역시 살아야겠지. 몸이 두려웠다. 몸이 있어서 두려웠다. 씻지도 않고 약국에 가고, 약을 먹고 몸은 나았다. 밤마다 마음이 남았고, 낮에는 몸이 남아서 지독하게 살아 있었다.

장마가 사람을
지나가는 이유

두 시간쯤 걸었을까. 후회가 들었다. 다리 밑에 놓인 벤치에 앉아 망가진 우산살을 펴려다가 바닥에 집어던진 참이었다. 그해 장마는 기상청이 보유했다던 슈퍼컴퓨터로도 예측할 수 없었던 것인지 예보와는 상관없이 간헐적 돌풍과 폭우를 동반했고, 막차를 놓친 스물넷의 주머니에는 집까지 갈 택시비가 없었다. 아니, 체크카드에는 돈이 있었으나 20만 원으로 한 달을 살아야 했으므로 집까지 걸어가보자 생각한 게 화근이었다. 하루에 6,600원 정도를 사용해야 했으나 방금 나는 나를 위로하러 온 친구들과 마신 술값을 긁었다. 마침 합정이었고, 양화대교가 있었고, 한강을 따라 해가 뜰 때까지 걸으면 집 근처 중랑천까지 갈 수 있겠다는 생각이 취기와 맞물렸다. 가슴과 머리가 무거우면 무작정 걷고 보는 습관도 습관이었지만, 처음 해봐서 서툴 만큼 서툴렀던 이별은 여러모로 마음을 가만히 있지 못하게 했고 몸을 혹사하는 방식으로 마음의 숨을 가라앉히고 집에 도착해 죽음 같은 잠을 자고

싶었다. 불어난 수위가 아슬아슬했으나 한강이 넘칠 리
는 없다는 생각에 걷기 시작한 지 한 시간쯤 후였을까. 장
마가 다시금 머리를 풀어헤쳤고 메고 나왔던 낡은 백팩의
어깨끈이 끊어지더니 이제는 우산까지 망가지고 말았던
것이다.

이대로 가면 죽을 수도 있다.

우선 중요한 물건을 생각해보자. 휴대폰. 남들은 스
마트폰을 들고 다니기 시작한 시점이었으나 나는 여전히
모토로라 폴더폰을 쓰고 있었으므로 지도 같은 건 볼 수
없다. (그때의 나는 왜 스마트폰의 투박하고 멍청한 디자인을 용
납할 수 없었을까. 이럴 줄 알았으면 진즉에 살걸!) 그러나 비상
시에는 구조 요청이라도 해야지. 바지 앞주머니에 넣는다.
지갑. 현금은 동전 몇 개가 전부였다. 그러나 이 지갑은 성
인이 된 기념으로 엄마가 사준 무려 '버버리'다. 물론 짝
퉁인 걸 누가 알려줘서 작년 즈음 눈치챘지만, 버릴 수 없
다. 뒷주머니로. 이미 젖어서 손쓸 수 없게 된 몇 권의 책
들. 가스통 바슐라르《촛불의 미학》. 시를 쓰는 이들 사이
에서 큰 유행이었다. 그러나 촛불 따위가 물을 이기겠나.
다시 사면 되니까 이건 버려도 돼. (그러나 안 샀다. 덕분에 아
직도 완독을 못 했다.) 서머싯 몸《달과 6펜스》. 이걸 읽는 재
미에 시간이 빌 때마다 한적한 강의실을 찾기 바빴다. 들

고 다니는 것만으로도 기분이 좋았지만, 다 읽었으니까. 최승자 《이 시대의 사랑》. 아…, 이건 안 돼. 나는 물에 떠 내려가도 최승자를 잃어서는 안 된다. 이분은 내가 아니더라도 실존과 영혼에 많은 고통을 겪었다. 시집은 얇고 가벼우니까 노름꾼이 판돈을 숨기듯 허리춤에 찔러 넣는다. 미니 성경. 오, 주여…. 나는 이제 불성실한 교도였으나 작은 성경을 늘 가방에 넣고 다녔다. 교회를 완전히 등지게 된 사건이 있기 전까지 나는 주일학교를 성실히 다녔다. 어쩌면 지금 이 사태는 신의 길을 거역한 자를 향한 신의 분노일까. 아니다. 그는 그렇게 속이 좁지 않으시다. 그러나 성경을 버리는 건 어쩐지 끔찍한 일이 일어날 것 같으니, 다른 뒷주머니에 억지로 구겨 넣는다. 남은 필기구와 다른 잡동사니는 이미 물에 젖어 망가졌다. 버려야 할 건 버려야 한다.

다리 밑을 나와 다시 걷기 시작했을 때는 걷다가 보이는 가장 가까운 도로로 올라가 택시를 잡을 심산이었다. 그러나 여기가 어디쯤인지, 도무지 강변 위로 올라가는 계단이 보이지 않았다. 지금보다도 길눈이 훨씬 어두웠고 새벽 세 시와 네 시 사이, 차도 사람도 보이지 않았다.

극한의 위기 속에서 생명은 고유의 방어 체계가 있는지도 모른다. 얼마를 더 걷자 마치 마라토너가 느낀다는 러너스 하이처럼 불현듯 상쾌한 기분이 들기 시작했다. 오히려 완전히 망가지자 더는 나빠질 게 없었다. 먼저 엉덩이를 불균형하게 짓누르던 뒷주머니의 성경을 버렸다. 구원은 스스로 구원하는 자의 것이니까. 최승자는 이미 퉁퉁 불어 책의 형태를 잃은 지 오래였다. 휴대폰은 침수되었는지 작동하지 않았다. 걸을 때마다 발이 헛돌아 아프던 단화도 벗었다. (강가에 가지런히 두었는데, 지금 생각해보니 누군가에게는 어떤 이가 강물로 뛰어든 흔적처럼 보였으려나 싶어 미안하다.)

맨발로 걸었다. 그러나 모든 게 괜찮았다. 도망가는 것처럼 느껴지기도 했고, 다시 돌아가는 것처럼 여겨지기도 했다. 머릿속에서 과거에서 온 후회와 미래를 향한 불안이 빗물과 함께 반죽되었다. 시간이 더 지나자 생각과 감정의 농도는 들이닥치는 빗물에 섞여 묽어지다가, 쓸려 내려가서 결국 깨끗하게 비어버렸다. 낮에만 해도 여러 번 죽음에 닿았던 생각이 이제는 살고자 했다.

그때의 나는 내게 일어난 모든 불행을 이해하기 힘들었다. 원망과 증오의 칼끝은 대상을 찾지 못해서 내 안쪽을 향해 겨누어졌다. 내딛는 한 걸음 한 걸음을 확신할 수 없었다. 예민하고 우울한 내가 살아가기에 세상은 포식자들과 함께 가둬진 어항 같았다. 무섭고 두려워서 피하는 곳마다 투명한 벽에 이마를 부딪쳤다. 나는 아무것도 없는 곳에서 아무것도 아닌 것들에게 쫓기고 있었다. 그때의 나는 늘 사랑 같은 것을 쥐고도 그것이 상하고 썩어버릴까 하고 먼저 내다 버리는 사람이었다. 폭우 속에서 잠시나마 완전히 망가지고 나서야 처음으로 삶에 안심이 들었다.

집에 도착했을 때는 비가 멎고 하늘이 저쪽부터 보랏빛으로 밝아오고 있었다. 도중에 인도로 올라오는 길을 따라 가까스로 택시를 잡아서 왔던 듯도 하고, 그대로 걸어서 집까지 온 듯도 했다. 기억이 가뭇했다. 며칠을 죽은 듯이 자고 일어나자 현실감각을 찾는 데까지 오랜 시간이 걸렸다. 비척거리며 나간 부엌에는 한 솥 가득 국이 끓고 있었다. 배가 고팠다. 휴대폰. 지갑. 다행히 있다. 그 밖의 모든 것. 다행히 없다.

올해도 큰 장마가 왔다. 비는 때로 현상이나 조건이 아닌 하나의 공간이 된다. 비가 내릴 때, 세상은 거대한 물기로 둘러싸인 공간이다. 몸에 열도 많고 땀도 많아서 여름과 맞지 않는 신체를 가진 나는 삶의 거의 모든 여름과 불화했다. 생각의 비약일지는 모르겠으나, 인생의 불행한 사건들도 거의 여름이라는 계절 속에서 벌어졌다. 여름에 내리는 비는 그런 의미에서 내게 물로 만든 창살처럼 보이기도 한다. 비가 올 때 나는 모든 외출을 취소하는 편이다. 돌아다니면서 내비치기 싫은 마음이 세상의 습도와 섞여 튀어나오는 시간과 공간. 그래서 장마는 여러모로 위험한 경험이다. 특히 우울을 기질로 가진 사람들에게는.

충분한 식량과 베개 여덟 개, 책 세 권과 유튜브와 넷플릭스가 있다면 한 달 정도는 우습게 한 발짝도 나가지 않을 수 있는 순정 집돌이인 내게 요즘은 상대적으로 눈치가 덜 보이는 상황이다. 코로나 시대의 자가격리를 나는 일찍이 실천해온 셈이니까. 첫 시집을 내고 다니던 회사를 나왔다. 시인이라는 팍팍한 사정을 아는 친구들과 후배들과 선배들은 나의 퇴사를 말리면서 응원하고 질투하고 구박했다. 원래 계획하던 일이었는데 코로나가 변수였다. 나는 졸지에 코로나 시대에 퇴사를 감행하며 영화 〈매드맥스〉에서 폭주하는 주인공 맥스인 양 취급받았다. 뚜렷하게 밝힐 수 있는 이유가 있었지만, 그렇다고 또 결정적인 이유는 아닌 것 같아서 주변 사람들에게는 조용히 웃기만 했다. 아무튼 여러 이유로 나는 올해 여름, 거의 집에만 있다. 그러나 이 장마의 한가운데를 걷고 있는 누군가 있다면 늦게라도 돌아오라 말하고 싶다. 가끔은 완전히 망가져도 좋으니 어떻게든 무사 귀환하라. 이 집은 당신이 있어야 할 곳이다. 언제나 그렇듯이, 결정적인 건

아무것도 결정하지 않는다. 결정은 당신이 한다. 장마는
끝이 날 것이다.

옛날 노래는
다 잊었지만

그러니까 음악은 사전적 정의로 말하자면 박자, 가락, 음성 따위를 조합하거나 결합, 배치하여 소리라는 수단을 통해 표현하는 예술이다. 음악을 생각할 때 나는 어떤 좌표평면을 상상한다. 박자는 음악적 시간을 구성하는 기본적인 단위이다. 가락은 음과 음의 고와 저를 연속하는 곡선 모양의 흐름이다. 음성은 박자와 가락이 펼친 여백을 채우거나 헐겁게 하는 내용물이다. 배경과 기억과 감정. 음악의 구성 요소는 이와 같다. 어떻게 보면 삶은 모두 음악이라는 말을 그래서 하는 건지도 모르겠다.

기능적 차원에서 음악은, 물론 모든 예술이 그렇게 작동한다고도 볼 수 있겠지만 일종의 시침핀 같다. 그 음악을 이제 와서 다시 들을 때 음악은 그날의 계절과 공기, 그날의 장소와 풍경, 그날의 감정과 사건을 불러온다. 그때가 원래부터 고유했던 건지 음악으로 고유해진 건지 모르겠지만, 어떤 날은 어떤 음악으로 고정되어 있어 흘러내려 멀어졌다가도 지금 다시 잠깐, 아스라하게 느낄 수

있다. 소리는 감각신경을 많이 소비하지 않으니까. 그래서
다른 감각을 함께 저장하니까. 이상하게도 음악은 소리
말고도 다른 것들을 함께 압축하고 보관해버린다.

그러니까 지금의 나는 내가 도망가서 돌아가지 않은
음악들이다.

푸르지 않아도
우리들은 자란다

　얼마 전 편의점에 들렀다가 한 아이의 들뜬 목소리를 들었다. "아빠, 오늘 맥주 마시면 안 돼? 맥주!" 나는 라면을 고르다가 흠칫 놀라 쳐다봤다. 여섯 살 남짓으로 보이는 아이가 벌써 아빠와 대작을? "맥주는 왜!" 아빠로 보이는 남자가 목소리를 낮추면서 맥주 앞에서 서성이는 아이를 끌어당겼다. "맥주 사자!" 아이가 급기야 큰 소리로 떼를 썼다. 나는 순간적으로 남자의 인상착의를 훑어봤다. 요즘 아동학대를 자행하는 이들의 뉴스 기사를 자주 볼 수 있었다. 남자는 누가 봐도 당황했으나 당황하지 않은 듯이 굴면서 수그려 앉아 아이에게 뭐라 말하더니 재빠르게 아이를 들어 안았다. 그러고는 한쪽 벽에 진열된 버터구이 오징어를 황급하게 집어 계산을 하고 나갔다. 아, 너는 아빠가 반주할 때 옆에서 오징어를 얻어먹고 싶었구나. 그랬구나. 계산대의 직원과 나는 슬쩍 웃음을 참았다. 어린이날이었다.

　지금은 코로나 때문에 상상할 수 없지만, 어렸을 적

이맘때는 운동회 시즌이었다. 어린이날과 어버이날의 사이쯤. 그리고 스승의 날을 앞둔 학부모들이 햄버거나 피자를 사 들고 와서 미리 흰 봉투를 건네기도 하던 운동회. 교복이 춘추복으로 바뀌는 탓에, 아침에는 조금 쌀쌀하게 젖었다가 오후 들어 포근하게 마르는 셔츠의 감촉이 참 좋았다. 창문을 통과하여 교실 바닥으로 미끄러지는 햇볕 속으로 그림자로 만든 나뭇잎들이 춤을 추듯 흔들렸다. 나른한 공기. 비릿한 꽃향기. 운동회를 준비하며 각 반의 반장들이 벌이는 묘한 신경전. 반에서 축구를 잘하는 아이는 급식을 받으려는 줄에서 새치기를 허락해주는 등의 특별 호위를 받으며 결전을 준비했다. 그러나 이맘때의 운동회를 떠올리면 짐짓 서글픈 생각이 든다. 중학교 운동회 이후로 나는 운동회가 끔찍하게 싫었다.

그때의 아이들은 어른이 봐도 얼른 알아챌 수 없는 방식으로 계급을 표현했다. 당시 중학교에는 지정된 교복과 체육복이 있었지만, 같은 교복이라도 연예인이 런칭한 고급 브랜드에서 교복을 맞추거나, 체육복 상의 속에 나이키나 아디다스 같은 유명 메이커 티셔츠를 받쳐 입거나, 중학생의 용돈으로는 도저히 살 수 없는 시계를 차거나 운동화를 신고 다니는 식으로 은밀하지만 확실하게 계급을 드러냈다. 우리는 그런 물건에 집착했다. 그것을 살 수 있는 집안이냐 아니냐로 유년의 계급이 결정되었다. 계급을 사고 싶었다.

처음으로 엄마에게 나이키 신발을 사달라고 졸랐다. 우리들의 운동회는 1년에 한 번 학교 안에서 정해진 옷차림을 벗어나 마음껏 멋을 부리는 일종의 패션 투기장이었다. 중학생 신발 한 켤레에 10만 원이 넘어가는 가격을 도저히 이해할 수 없던 엄마는 나의 발이 더 클 거라는 말로 요구를 거절했다. 그렇게 처음 시도한 나의 계급투쟁(?)은 싱겁게 끝이 나는 듯했으나, 운동회 전날 무려 푸마 추리닝을 건네는 엄마는 그때 나의 눈에 흡사 무사에게 보검을 하사하는 왕처럼 보였다. 이것은 푸마다. 나이키보다는 못하지만, 'PUMA' 알파벳 이니셜 위에 날렵한 맹수가 그려진, 내게도 푸마가 생긴 것이다. 나는 그날 밤 푸마를 머리맡에 두고 새 옷 냄새를 맡으며 잤다. 아프리카 초원을 힘껏 뛰는 꿈을 꿨다.

아이들의 어긋난 심리를 교묘하게 놓치지 않는 건 언제나 어른들이다. 동네 시장마다 그런 메이커 티셔츠나 운동화의 모조품들이 넘쳤다. 어른들의 눈에는 일견 흡사하고 티가 나지 않아 보였겠지만, 당시의 아이들은 상표의 위치, 섬유의 질감, 박음질의 모양, 디자인 넘버 등 사소한 디테일까지 전부 감별할 정도로 전문가가 되어 있었다. 이미 아이들은 어른들을 능가하는 안목을 가지고 진짜가 아닌 아름다움을 멸시할 준비가 되어 있었다.

　그날 운동회에서 나의 푸마는 퓨마가 아니라 치타거나 그냥 덩치가 큰 고양이인 것으로 밝혀졌다. 단순히 메이커가 갖고 싶었을 뿐, 그것의 품질을 구별할 안목이 없었던 나는 아이들에게 처참하게 조롱당했다. 실패한 혁명은 역모가 된다. 그래도 나의 주군, 엄마를 믿었기에 아이들에게 힘껏 저항했지만 소용없었다. 메이커 감별사를 자처하는 친구까지 소환되어 저런 푸마를 본 적 없다는 말로 나는 끝내 패배했다. 그때 엄마를 향한 그 배신감이란. 나는 족구 경기의 반 대표 선수였으나 번번이 공을 놓쳤고, 마음은 이미 지나가다 돌에 맞아 쫓겨난 길고양이가 되어 집으로 향했다.

　"엄마 이거 푸마 매장 가서 사 온 거 아니지?"

　"매장 가서 사 온 거야, 왜?"

　"… 이제 이런 거 사지 마."

　쓰레기통에 추리닝을 구겨 넣고 방문을 잠갔다. 거짓말이나 하지 말지. 아이들의 세상이 어른들의 세상보다 작고 하찮더라도, 내게는 그 세상이 전부인 게 당연하지 않은가. 그것을 왜 무시하는가.

　그러나 엄마를 향한 원망은 얼마 후에 나를 둘러싼

세상을 향한 냉정함으로 변모했다. 나의 궁핍은 너희의 비웃음을 위한 재료가 아니다. 동정을 받는다고 고마워해야 할 이유도 되지 않는다. 나의 아름다움과 너의 아름다움이 다를지언정, 거기에 우열은 없다. 너희들은 고작 누군가보다 비싼 물건으로 치장하며 너희의 삶에 안도할 뿐이지 않은가. 그게 아니라면, 너희가 나보다 더 나은 점이 무엇인가.

나는 그날 이후로 대학에 갈 때까지, 엄마에게 비싼 무언가를 사달라고 해본 적이 없다. 생각해보면 지금까지도 내가 가진 모종의 비틀린 기질은 그때부터 시작되었던 것 같다. 남들이 다 하는 건 하기 싫었고 남들이 안 하는 일을 골라 잘하려고 했다. 타인이 말하는 옳음과 그름 속에서 허점과 위선을 찾아내려고 부단히 애를 쓰고, 사람에게 잘 보이려는 예의와 선의를 한낱 나약함으로 여기곤 했다.

시간이 꽤 흘러 독립을 갓 시작했을 무렵, 오랜만에 본가에 들러 하룻밤을 지냈을 때. 입고 잘 옷이 없어 서랍을 뒤지던 중에 나는 푸마를 다시 만났다. 잘 개켜진 나의 푸마. 내가 버렸어도 엄마는 버리지 않은 나의 푸마. 자신과 치수가 맞으니 종종 입는다는 엄마에게 이거 모조품이라고 말했다. 그게 무슨 상관이냐, 멀쩡한데. 엄마의 말에 나는 웃었다. 맞아, 이렇게 멀쩡한데.

그러니까 나는, 아주 멀쩡하게 자랐다. 혼자서는 도저히 지나갈 수 없었던 순간도 엄마의 손에 잘 개켜져서 멀쩡하게 건너왔다.

이제 부모가 되는 친구들이 주변에 많아졌다. 그런 나이가 된 것이다. 그들을 볼 때마다 막연한 망설임이 생긴다. 나도 아직 더 자라야 할 것 같은데, 누군가가 자라는 데에 내가 무엇을 할 수 있을까. 나 역시 아이들의 세상을 영영 알지 못하고, 토라진 아이의 방문을 함부로 뜯고 마는 그런 폭력을 가지고 있는 건 아닐까.

부모를 내가 골라 선택할 수 없는 것처럼, 나의 자식을 골라서 선택할 수는 없는 일이다. 부모와 자식은 우연히 만나 운명을 살아가지만, 끝내 같은 세상에서 다른 세상을 살아간다. 그래서 부모가 된다는 건, 자격의 문제가 아니라 자신의 문제일지도 모르겠다. 한 사람을 온전하게 키워내고, 결국에 아주 멀리 떠나보낼 자신. 소유로 여기지 않으면서, 가진 전부를 기꺼이 줄 그런 자신. 이는 말처럼 쉽지 않은 일이고 쉽게 여겨서도 안 되는 일이므로, 타인이나 세상이 강요할 수 없는 일일 것이다.

다만, 나도 언젠가 아이와 함께 편의점에서 버터구이

오징어를 사 먹는 사람 정도는 되어보는 상상을 한다. 다 풀어도 아무도 알아주지 않겠지만, 혼자만의 책장 속에 꽂아 놓고 언제라도 뿌듯하게 여길 수 있는 수학 문제집처럼. 때로는 서로 미워하겠으나 끝내 서로 용서할 수 있다면, 잘 빨아서 개켜둔 나를 늘여 아이에게 입혀주고 싶다. 아, 그런데 그때가 와서 아이의 턱관절을 염려하는 아내의 미움을 받으면 어떡하지. 그렇지만 나의 아이는 기꺼이, 버터구이 오징어를 위한 비밀 결사대를 함께 결성해 줄 것이다. 서투른 거짓말로도 온전한 마음을 줄 수 있다는 걸 깨달으면서 말이다.

슬픔이
지나간 자리

작은 이모가 이혼하고 얼마간 다섯 살 사촌 동생은 우리 집에서 지냈다. 엄마는 둘째 딸이었지만, 일찍 시집을 가서 집을 떠난 큰이모를 대신해 강원도 산골에서 고등학교를 졸업하자마자 서울로 홀로 상경해 직장을 다녔다. 시골의 동생들을 차례로 서울로 불러 대학을 보내고, 학비를 대고, 밥을 해서 먹이고, 취직을 시켰다. 그 때문인지, 외가 식구들의 우애는 견고하고 다정했다. 엄마는 이십대 시절 전부를 형제자매들에게 나누어줬다. 그리고 나의 부모가 되어서도 노동을 멈추지 못했다. 깊은 우울에 빠진 사람들이 한번쯤 사는 도시를 옮기거나 익숙한 동네로 돌아가듯이, 작은 이모는 이혼 후에 우리 집 근처에 집을 구해 살았다. 직장에 다녀야 하는 이모를 대신해서 엄마는 사촌 동생을 매일 집으로 데려왔다. 사촌 동생은 2년 정도를 우리 집에서 자랐다. 사정을 정확하게 알지 못했던 어린 나는 나보다 어린 사촌 동생에게, 다만 부모의 공백이 없었으면 하고 생각했다.

주일학교 어린이집에서 사촌 동생을 데리고 있는 일
이 내 몫이었다. 하루는 어린이집 선생님이 나를 불렀다.
엄마, 아빠를 그리는 시간에 사촌 동생은 종이를 찢고 놀
았다고. 나는 아빠 없어요. 사촌 동생의 말을 듣고 놀란
선생님이 나를 부른 것이었다. 젤리뽀를 먹고 잠든 동생
을 안고 집으로 오는 길에 나는 조금 울었다. 다섯 살이
벌써 아는구나. 그런데도 그동안 아빠는 어디 갔는지 한
번도 묻지 않았구나.

　　중학생이 된 사촌 동생의 가방에서 담배가 나왔을
때, 훈육은 내 몫이었다. 당황한 어른들은 고함과 윽박으
로 아이들의 방문을 두껍게 만든다. 독립해서 멀리 살던
내가 왔을 때에야 동생은 방문을 열고 나왔다. 집에서 데
리고 나와 놀이터에 앉아 아이스크림을 먹는 동안 동생
과 나는 한마디도 하지 않았다. 몰래 펴. 들키지 말고. 다
먹고 남은 아이스크림 막대를 입에 물고 내가 말하자 동
생은 멋쩍게 씩 웃었다.

　　시간은 상실로 비어버린 마음의 공간을 덮어 감추기
도 하지만, 어떤 상실은 끝내 살아가면서 계속해서 구멍
이 나기도 한다. 마치 도로 위의 싱크홀처럼. 행복의 문제
도, 불행의 문제도 아니다. 사람이 타고 태어나는 성격의
건강함도 문제가 아니다. 슬픔을 이해받지 못하는 자들

은 세상을 사납게 살아간다. 슬픔은 사람에게 그런 식으로 자국을 남기기도 하니까. 다만, 사나운 시간이 지나가고 나면, 그 빈자리에 누군가와 함께 앉을 수 있는 의자가 놓이기도 한다. 조용히 누군가와 앉아서 아이스크림 하나라도 나눠 먹을 수 있는 그 자리가.

어려운
부탁

　나는 좋은 책을 읽으면 누구와도 공유하고 싶어 하지 않는 타입이다. 책 추천이 제일 어렵다. 자기 전 생각나는 기억마냥 들키고 싶지 않은 것 중 하나가 독서 목록이다. 말하고 나면, 뭔가 중요한 걸 잃어버리는 느낌이 든다.
　'젊은 시인이 추천하는 올가을의 책'이라는 취지로 모처에서 요청이 왔다. 이런 요청은 늘 부담스럽기 마련인데, 내가 정말 좋아하는 책을 다수의 누군가도 좋아하리라는 보장이 없고, 나의 좋음은 대개 희망과 절망의 비율이 공평하거나, 적어도 절망의 함유량이 압도적으로 담겨 있어야 하기 때문이다. 보통 책을 추천받는 입장에서는 으레 내가 시인이라는 정체성을 의식하고 그런 요청을 한다. 특히 공공기관 같은 공적인 입장을 띠고 있는 곳에서는 시인이니까 아름답고 밝고 도움이 되는(?) 책을 추천받기 원한다. 그들이 현대시를 조금이나마 알았으면 좋겠다. 나는 생전 모르던 욕설을 시집을 읽다가 배운 적도 있다.
　잘 모르겠다. 책에 대한 숭배는 국가와 인종에 상관

없이 모든 인류가 공통으로 가진 정신임이 분명하다. 전쟁 속에서도 오래된 도서관과 한 권의 책을 지키기 위해 사람이 대신 죽었던 일화도 있다. 팔만대장경만 해도 전란을 피해 몇 번이고 도망쳐서 살아남은 국보이다. 다른 나라에서 살아본 적이 없으므로 내가 체감하는 이 숭배는 한국에 국한하여 내린 관점이겠지만, 우리나라 사람들은 책을 떠받들고 존경하며 누구보다 가장 멸시한다.

부모들의 고민 중에 아이가 책을 읽지 않는다는 게 굉장히 중대한 고민일 때가 있다. 우리 세대는 덜하다고는 하지만, 아이가 책을 좋아한다는 사실 하나로 아이의 미래를 낙관하고 종국에는 사회를 주도해갈 지성인으로 자랄 거라고 상상하며 흡족해하는 부모들도 있다. 나는 결혼을 일찍 해서 부모가 된 친구들에게 자녀들의 독서 컨설팅을 몇 번 부탁받은 적이 있다. (대체 나한테 왜?) 그때 나는 부모에게 묻는다. "너는 살면서 책을 얼마나 읽었니? 최근에 읽은 책은 무엇이니? 부모 속에 없는 독서 유전자를 내가 만들어줄 수는 없어!"

이때 책은 교육이라는 커다란 목표 아래 복무한다. 책은 교육의 수단이고 총체다. 제도 교육으로 설계되어 삭막하게 가로막힌 한국인으로서 납작한 유년을 살아온 우리에게, 책은 곧 교과서의 다른 이름이고 부적응한 인간을 계도하는 최선의 회초리다. 책에서 인생을 찾으라니. 대체 왜 거기에 인생이 있겠는가. 인생을 직접 살아가는 자들에게 왜 인생을 찾으라고 성화인가. 또, 사회에서 지위를 획득한 자들은 곧 자신만의 책을 갖고 싶어 한다. 이때 책은 아주 두꺼운 명함처럼 사용된다. 자신의 삶을 요약하는 한 문장. 나 책 한 권 내본 사람이야.

내게 책을 추천하는 일은 쉽지 않다. 최근에는 코딩에 관한 이론서를 전자책으로 사서 붙들고 있었고, 그전에는 그리스 희곡들을 원어가 가진 어감에 가깝게 잘 번역한 책이 무엇인지 비교하며 열심히 찾아다녔다. 지식이나 기술이 정리된 책을 추천하는 일이라면 훨씬 수월하다. 얼마나 깊고 검증된 지식이 담겨 있느냐는 비교와 증명이 가능한 영역이다. 이때 책은 요즘 유행하는 밀 키트 meal kit처럼 기능한다. 거기에 담긴 지식을 어떻게 요리해서 무엇을 만들지는 본인의 선택에 따라 달라진다. 지식은 단지 지혜의 형태를 구성하기 위한 재료일 뿐이다.

내게 책을 문학이라는 장르로 국한한다면, 이때 책은 교육이거나 명함이거나 밀 키트가 될 수 없다. 차라리 '게임'에 가깝다. 나는 시집이나 소설을 구매하고 그것을 플레이하기 좋은 위치를 찾아 헤맨다. 여름에는 에어컨이 가장 가까운 거실 소파나 아예 카페에 앉는 걸 좋아한다.

겨울에는 체온이 오래 배어 맴도는 침대를 선호한다. 물론 엎드려 읽다 보면 어깨에 담이 오는 경험을 동반한다. 봄과 가을은 대체로 어느 곳도 상관없지만, 책을 쥐고 종이를 넘기는 기분을 느끼는 일조차 이 게임을 즐기는 중요한 기술이므로 산들산들한 바람이 부는 야외 벤치 같은 곳을 찾기도 한다.

이 게임은 중반이 넘어가면 금방 질리는 경우도 허다하고, 생각보다 재밌거나 생각보다 실망스러운 경우도 있다. 요즘 PC나 모바일 게임처럼, 이 게임 역시 다회차 플레이를 할 때 묘미가 드러난다. 내가 놓치고 지나친 루트가 있을 수도 있고 개발자가 숨겨놓은 이스터 에그^{Easter} ^{egg}를 발견하는 때도 있다. 어떤 작품은 섬세한 묘사에 생각지도 않은 디테일을 살리거나, 내 사유가 도달할 수 없었던 곳까지 나를 이끌고 도달하게 해서 승패를 떠나 그 세계를 거니는 일만으로도 즐겁게 하는 대형 게임사의 AAA급 게임 같고, 어떤 작품은 아주 평범하고 소소하지만 나름의 독창적인 재미를 주는 인디 게임 같다. 만들다가 만 것 같고 조작감도 형편없는 그런 작품도 물론 있다.

그러나 게임을 좋아하는 사람이라면 공감할 것이다. 게임은 플레이하는 그 시간 자체에 의미가 있다. 게임의 결과가 아니라, 게임을 영위하는 그 모든 과정 자체에 의미가 있는 것이다. 그것이 플레이 경험이며, 문학은 그 경험을 제공하는 데에 목적이 있다고 생각한다.

그러니까 내게 책 추천은 꽤나 어려운 부탁이다. 그저 심심한 친구에게, 그럼 너도 그거 해봐. 재밌더라. 취향에 안 맞으면 말고. 다음에 시간 나면 같이 하자. 이런 방식 외에는 도무지 좋은 추천의 방법이 떠오르지 않는다.

나의 오락은 겨루고 진보하는 일에서 영영 비껴 나갔으면 한다. 사람의 주머니 속에는 그런 일들이 깜빡 잊었다가 발견하는 고맙고 즐거운 비상금처럼, 종종 있어야 한다고 믿는다.

젊음과
늙음

늙고 싶다.

서른이 되기 전까지 줄곧 늙고 싶다는 생각을 하며 살아왔다. 십대 후반부터 이십대 초반까지 내가 머물던 세상은 '청춘' 캐치프레이즈로 가득했다. 젊음은 가히 만 병통치약이었다. 젊으니까 괜찮아. 젊으니까 해봐. 젊으니까 아름다워. 젊으니까 다음 기회가 있어. 젊으니까 부럽다. 막대 사탕의 껍질을 까서 내밀 듯, 우울로 울상이던 마음에 그 말을 물려주던 사람들. 서른이 된 지금, 문득 그들은 다 어디로 가서 더 늙어버렸을까. 생각해보니 당시 그들의 나이는 서른보다 고작 조금 많았다.

불공평하다. 당신의 늙음을 당신이 선택한 적 없듯 이, 나의 젊음도 내가 선택한 적 없다.

나는 만 스물다섯에 등단했다. 요즘 문학계에서는 등단이라는 제도의 유효함과 건전함에 대해서 논의가 많 지만, 나의 등단 시기에는 누구도 아직 제도의 완고함에 대해 강력하게 질문하지 않던 시절이었다. 비록 요즘은 나보다도 훨씬 어린 나이에 문인이 되는 사람들이 많아졌지만, 그때만 해도 누군가는 내게 어린 나이에 대단하다고도 했고, 누군가는 어린 나이에 뭘 알겠냐고도 했다. 나를 귀엽게 여기거나 혹은, 순진하다고 여긴 문인 선배들이 이런저런 자리에 초청해주었다. 그 현장들은 분명 순한 쪽으로든 거친 쪽으로든 어떤 데이터가 됐다.

하루는 어떤 자리에서 선배와 마주 앉게 됐다. 이런저런 이야기를 하는 중에 그는 걱정스러운 표정으로 말했다. "어린 나이에 이렇게 일찍 화류계에 나와서 어떡하니." 나는 여전히 이 말이 잊히지 않는다.

문학의 본질이라거나 시의 생태 같은 말은 어렵고 거대하다. 그 말 속에 들어 있는 어떤 자리도 내 자리는 아닌 것 같다. 문학을 한다고 하면, 특히 남성이 문학을 한다고 하면 대체로 한량이거나 시정잡배를 연상하는 이들의 편견 어린 시선들. 술을 좋아하느냐, 잘 마시느냐는 질문은 수도 없이 받았다. 나는 술을 자주 마시는 편은 아니다. 요즘은 아예 술이 없어도 나의 통상적인 기쁨에는 전혀 지장이 없다.

내면의 기억과 감정, 그것을 감각으로 엮고 짓고 올려서 내다 판다는 의미에서 그 선배가 선택한 단어가 모종의 연관성이 있다는 것은 안다. 그러나 그때 내가 느꼈던 감정은 어떤 모욕감이었다. 화가는 그림을 파는 것이지 물감과 종이를 팔지 않는다. 배우는 신체를 캐릭터에 빌려줄 뿐이지 자신의 생활을 팔지 않는다. 물론, 화류계라는 단어의 심연에는 이것보다 더 치졸하고 어려운 인간관계의 일이 가라앉아 있다는 건 알지만, 그래도.

시간이 만들어 놓는 더께가 갖고 싶었다. 거기서 만들어진 내 삶의 무늬와 규칙, 공고하게 갖추고 벗어나지 않는 이러한 형태가 바로 나라고 여기고 싶었다. 가변하고 역동하지 않는 젊음은 하릴없고 쓸모없어 보이게 만드는 그런 말들이 싫었다. 나는 이미 지쳤는걸. 여기까지 사는 것도 힘들었는데 이제 시작이라니. 끔찍했다.

며칠 전 아는 동생과 이런저런 이야기를 나누다가 문득, 나도 모르게 "아직 괜찮아, 걱정하지 마. 젊으니까"라는 말을 하고 말았다. 그날 밤, 잠자리에 들 수 없었다. 나도 이제 그저 그런 어른처럼 말하게 되는 건가. 그토록 경멸하던 태도를 나 역시도 답습하고 있는 걸까. 젊음을 무슨 아이언맨의 아크원자로 따위로 생각하고 말게 된 걸까.

그날 그 대답의 이유를 곰곰이 생각해보니 답은 하나였다. 해줄 말이 없어서. 위로하고 싶었지만, 내가 알 수 없는 동생의 처지와 마음의 풍경 속에서 어떤 말을 골라야 할지 알 수 없었기 때문이었다. 그래서 퉁친 거다. 젊음이라는 관념적이고 허무맹랑한 에너지를 들먹이며, "내가 아는 너는 지금의 고난도 이겨낼 수 있을 에너지가 있어. 아무도 믿지 않아도, 내가 믿어"라고 해야 했을 말을 두 글자로 대신한 거다.

　세상과 불화하는 일이 꼭 나만의 경우는 아닐 것이다. 세상과 싸우고 수도 없이 패배하고, 그러나 다시 한 번 견뎌볼 각오를 하는 자들이 나뿐만은 아니었을 것이다. 내게 젊음을 들먹였던 자들도 어쩌면 밤잠을 설치며 후회했을지 모른다. 결국, 부족했던 건 정확하고 섬세하게 말하고자 하는 노력과 끈기였다. 그것이 부족해질 때, 사람은 편하고 쉬운 대답을 찾게 된다. 그것을 깨닫게 된 요즘, 나는 다시 늙고 싶다고 생각한다. 더 정확하게 늙고 싶다. 마지못해 밀려나는 식이 아니라, 스스로 선택해서 젊음보다 더 자랑할 수 있는 그런 늙음을 나는 환영할 준비가 되어 있다.

인터뷰

언젠가 이런 대답을 하고 싶었지만 하지 못한 적이 있다.

"… 그러므로 이제 시의 표정을 바꾸는 일을 생각합니다. 기어코 시의 쓸모와 쓸모없음을 오인하는 일이 된다고 해도, 삶은 아직 미완이니까요. 결국에 도달하는 곳에서 다시 한 번 산산조각이 나겠지만, 앞으로 부서질 것들을 모아서 회복하는 일을 해보려고 합니다. 시를 접착제처럼 읽는 밤들이 있을 겁니다. 가난한 눈빛으로 도시를 지켜보는 날들이 있을 겁니다. 나는 도무지 시를 위한 시의 일에는 관심이 없습니다. 생존이 있겠지요. 생존은 생활을 지속하는 행위입니다. 거기서 얻어지는 부산물로서의 절망과 기쁨과 슬픔과 허무를 믿고 있습니다. 시라는 걸, 그것들을 가까스로 붙이는 시간의 유약처럼 여기고 있습니다. 살면 살수록 나의 얼굴과 시의 표정이 이전과는 달라질 것을 예측합니다. 그러나 복잡하지는 않았으면 좋겠습니다. 소란스럽고 외로운 '나'는 이제 '우리'를 숨겨진 주어로 하는 시들을 생각합니다. 기어코 허름한 열망이겠지만, 시가 바로 자유의 내피라는 누군가의 말을 믿는다면, 나는 함께 살아볼 수도 있을 겁니다. 사람과 생활과 어쩌면 죽음까지도. 그러기 위한 무언가를 해보려고 합니다. 왜 그걸 하냐는 질문엔 아직도 적절한 대답을 찾지 못했습니다. 다만, 쓰는 날들과 쓰지 못하는 날들이 있을 겁니다. 그런 날들뿐이겠지요. 시인지 시가 아닌지, 많은 고민을 무겁게 들고 있는 시간이 앞으로도 지속되겠지만, 쓰지 않고서는 알 수 없을 테니까요. 그것을 이제 압니다. 영원히 없는 대답을 끝내 찾으려 헤매다가 끝날 수도 있겠지만, 이제는 괜찮습니다. 용기의 일일 것입니다."

섬

　이런저런 일을 미루거나 팽개치고 지낸 지 거의 반년
이 넘어간다. 그토록 견디지 못했던 건 노동이 아니라 집
단이었다는 생각이 든다. 보이지 않는 실체 속에서 스스
로 보이는 부분이 되려고 계속 구체적인 태도를 유지하는
게 피곤했던 것 같다. 어떤 과학자가 그랬다. 삶은 방귀 같
은 거라고. 결국 생명이 일으키는 한순간의 화학작용 같
은 것. 공기 중에 확산되고 흩어지는 것. 그렇게 사소하고
하찮은 것. 물론 다소 지저분한 비유겠지만.
　정규직 출판사 편집자로 일할 수 있었던 건 행운이었
다. 그 시기에 나는 자주 돈이 생겼다. 자주 돈이 생겼다
는 건, 부자가 될 만큼 많은 돈을 벌었다는 이야기는 아니
다. 다만 월급이 주는 안정감을 이전에는 한 번도 경험해
보지 못했기 때문에, 생전 모아보지 못한 액수의 돈을 모
아볼 수 있었다. 월급이 들어오는 매달 25일을 기점으로
생활에 소비되는 물질의 흐름을 가늠하거나 조절할 수 있
었다. 이런 경험은 시인, 전업 집필 노동자로서만 살던 지

난날에는 상상하지 못한 경험이었다. 나도 드디어 제대로 된 사회의 구성원이 된 것 같았고, 내가 살 수 있는 물질의 수준과 넓이도 커졌다.

통장에 적힌 잔고에 불안해하고, 숨만 쉬어도 사라지는 생활 유지비 앞에서 패배하는 사람이 꼭 나뿐만은 아니겠지만, 그 불안과 조바심이 사람의 자존감을 형성하는 부분 가운데 꽤 큰 부분에 해악을 끼친다는 것을 알게 됐다.

그러다 퇴사를 결심하게 된 건, 문득 1년간 한 편의 시도 제대로 앉아 써본 적이 없다는 사실을 깨닫고 나서였다. 시를 쓰기 시작한 이십대 이후로 이 정도의 공백 기간은 가져본 적이 없었다. 그 순간 나는 마치 깜빡 졸다가 내려야 할 정류장을 지나친 기분이 들었다. 지금 여기가 어딘지. 내려서 돌아가기엔 막차 시간이 지난 것 같은데. 아니, 돌아갈 수는 있는 건지.

직업과 생활의 균형을 맞추지 못한 건 어디까지나 나의 실패였다. 수많은 동료 시인들은 지금도 열심히 일하고 열심히 쓴다. 나의 변명은 실패를 위장하려는 수작일지도 모르겠다. 아니, 꼭 시의 일이 아닐지라도, 그 시기에 나는 몸의 어느 부분이 구멍 난 기분이었다. 거기로 하루하루 빗물이 들고 햇볕에 말랐다. 두고 온 기분. 무언가, 잃어버린 기분.

　나는 저마다의 삶이 결국 각자의 몫이라는 게 자주 무섭다. 거리를 지나다가 지나치는 무수한 사람들의 삶이 크고 작은 희망과 절망으로 이루어져 있다는 게 경이롭고 두렵다. 가끔은 아무나 붙잡고 물어보고 싶다. 당신은 어떻게 견디셨죠? 네 탓이라 말하는 사람은 없었나요? 자주 무섭고 가끔 행복한 지금이, 나는, 괜찮은 걸까요?

　강아솔의 노래 〈섬〉에 이런 가사가 있다.

　　　섬 나는 섬에 있네
　　　아무도 찾지 못하는 섬
　　　차가운 바람 매섭게 불어와도
　　　그 어디에도 피할 곳 없네

　　　섬 나는 섬에 있네
　　　아무도 닿지 못하는 섬
　　　사나운 파도에 휩쓸려 온 이곳엔
　　　누구도 모르는 내가 있네

　　　돌보지 못하는 저마다의 마음이 있는 걸까

들여다볼수록 더욱 외로워져만 가는

모든 게 다 내 탓이라 말하는 것만 같아

이런 나를 나는 앓고 살아가야 될까

저마다의 삶이 각자의 마음을 앓고 있을 때, 나는 가끔 보이는 모든 세상이 평온한 통증처럼 여겨진다. 작은 통증들이 모여 만든 도시가 매일 밤, 빛으로 욱신거린다.

2

돌덩이를 쪼개는
식물의 뿌리처럼

상계동
―그의 전부

친구가 죽었다.

열다섯의 여름, 죽음이라는 건 한 번도 가까웠던 적이 없었고 구체적으로 사유해본 적이 없었다. 친구라고 불렀으나 그와 나는 친밀한 시간을 공유해본 적도 없고 수업이 끝난 빈 교실에서 이따금 몇 마디를 주고받거나, 학교 뒷골목 가로등 불빛을 피해 숨어서 담배를 태우던 그와 눈인사를 나누고 지나치는 정도였다. 그는 학교에서 멀지 않은 큰 사거리에서 훔쳐서 타고 다니던 오토바이로 과속을 하다가 사고로 죽었다. 아이들의 수군거림을 교탁에 출석부를 내리치며 무마하던 담임선생님은 나쁜 짓 하고 돌아다니면 그렇게 되는 거라는 말을 했다. 오토바이 뒤에 같이 타고 있었던 그의 여자 친구는 헬멧을 쓰고 있어서 다행히 생명을 건졌으나 몸의 절반을 수술해야만 했다. 다른 여중 학생이었던 그 친구의 소식은 동네 또래들의 입에서 한동안 자주 끓었으나 장기 입원을 끝내고 이

곳을 떠났다는 이야기 이후로는 소식을 들을 수 없었다. 학교에서는 그의 장례식이 어디서 열리는지, 조문하려면 어떻게 해야 하는지 가르쳐주지 않았다. 소위 말하는 양아치였고, 일진이었다. 그의 죽음이 학교로서는 수치스러운 일이었는지 선생들은 말을 아꼈고 슬퍼하는 아이들도 거의 없었다. 학부모들의 항의 전화가 교무실로 걸려 왔고, 그와 어울려 다니던 아이들은 꽤 오랫동안 학교의 감시를 받았다. 가을이 지나고, 동복을 입는 겨울이 왔고, 이내 모든 날들은 다 아무렇지 않았다.

내가 살았던 상계동은 그런 곳이었다. 입시 학원들이 몰려오면서 강남의 수준을 따라잡은 강북이 되겠다는 모토로 고급 아파트와 고층 건물을 집약시키던 중계동의 비싼 집값을 감당하지 못했던 사람들이 상계동으로 밀려 왔다. 거주 인구가 늘어난 만큼 학교들도 늘어났다. 수업이 끝나면 교문마다 학원에서 운용하는 노란색 15인승 버스들이 주차장을 방불케 할 정도로 늘어섰고, 버스에 탑승하는 아이들과 그렇지 않은 아이들은 학교에서조차 따로 어울려 놀았다. 동네가 이렇게 되기 전부터 살던 사람들은 치솟은 임대료와 땅값으로 돈을 벌었고, 뒤늦게 편입한 사람들은 무리한 대출을 받아서 아파트 전셋값과 자식들의 교육비를 만들었다. 중계동과 상계동은 곧잘

'입시 공장'이라는 별칭으로 어른들 입에 오르내렸다. 좁은 동네에 너무 많은 사람과 학원, 상권이 집중되다 보니 고작 4차선 도로 하나를 끼고 저쪽과 이쪽의 빈부가 너무 달랐다. 저쪽에는 공원이 잘 조성된 아파트와 신축 상가들이 늘어섰고, 이쪽에는 여전히 슬레이트 지붕을 얹고 담벼락에 금이 간 낡은 주택들이 구불구불한 골목을 만들며 돋아나 있었다.

부모들의 욕망은 아이들에게도 배급되었다. 돈이 많은 집의 아이들은 공부를 잘했고 저마다의 학원에서 시험 족보를 받아 예습했다. 그나마 저렴한 보습학원이라도 다닐 형편의 아이들은 그런 아이들과 우정을 빙자한 시중을 들며 족보를 공유받았다. 집에 돈이 없거나 공부에 재능이 없던 아이들은 일찌감치 다른 방식으로 세력을 만들었다. 어울려 다니며 나름의 조직을 구축하고, 학원가의 어둑한 골목에서 담배를 피우거나 술을 먹다가 늦은 시간 학원 수업을 마치고 돌아가는 아이들을 사냥하듯 돈을 뜯었다. 자전거나 오토바이를 훔쳐 타고 각목이나 칼을 들고 싸우는 일에도 주저하지 않았다. 그 시절의 아이들에게는 노스페이스 패딩 점퍼가 계급장이 되었는데, 한 벌에 40만 원에서 100만 원까지도 하던 그 옷은 빈부의 격차를 극명하게 드러내는 상징물이었다. 부모로부터 쉽게 선물 받을 수 있었던 아이들은 뺏기기도 했고, 스스로 상납해서 폭력으로부터 보호를 받았다. 쉽게 살 수 없는 아이들은 부모와 싸웠고 패스트푸드점이나 호프에서 주민등록증을 긁어 나이를 속이며 일해서 돈을 모았다. 순진한 아이들도 부모를 졸라서 패딩을 사 입었는데, 시장에서 팔던 짝퉁인 줄도 모르고 학교에 입고 왔다가 한 학기 내내 놀림감이 되었다. 그런 아이들은 얼마 뒤부터 돈을 뜯는 무리에 합류하거나 무리를 만들기도 했다. 선생들은 아이들이 답습하고 있는 사회의 모형을 통제하기 위해 폭력을 애용했다. 쉽게 때리고 쉽게 맞았다. 우열반이라는 제도가 생기면서 아이들의 사회는 조금 더 명확하게 계급이 분리됐다. 우등반 아이들은 보충수업을 받으며 학부모들이 돌아가며 사는 햄버거나 피자 따위를 자주 먹었다.

아이들은 어른들의 욕망만이 아니라 절망까지도, 질투와 증오와 슬픔까지도 물려받고 자랐다. 어른들은 스스로 우리가 만든 세상이 무언가 잘못되었다고 늘 말했지만, 그들이 고치려던 것은 그들의 세상이 아니라 아이들의 세상이었다. 아이들은 선택할 수 없는 곳에서 태어나 잘못된 선택을 하면 혼이 났다. 아이들은 어른들의 희망을 자신의 것으로 이해하고 복제하며 어른이 만든 설계도를 따랐다.

　나는 그 동네의 모든 것이 싫고 슬펐다.

　MP3 플레이어가 등장하고 조금 지나서, 내게도 여섯 곡 정도가 저장되는 MP3 플레이어가 생겼다. 쉬는 시간마다 몰래 음악을 듣던 내게 그가 처음으로 말을 걸었다. 아마도 내 것을 뺏으려고 왔겠지만, 내가 듣던 음악을 듣더니 자신의 MP3 플레이어를 주면서 같은 노래를 담아달라고 했다. 그때부터 그는 종종 내게 와서 말을 걸었다. 그가 어울리던 무리는 철저하게 사냥꾼들이었고, 사냥감과 어울리는 일을 하면 응징을 일삼는 쪽이었다. 조직을 결속하고 위압감을 조성하는 아주 효과적인 룰이었다. 나는 아무래도 사냥감 쪽이었으므로, 그는 내가 혼자 남아 청소를 할 때 혼자서 왔다. 담배를 가르쳐주겠다며 저녁의 어두운 골목으로 나를 데려가서는 자기는 사실 가수가 되고 싶다고 했다. 우리는 종종 짧게 만나 어설프게 담배를 태우며 노래 이야기를 했다. 그 짧은 대화를 마치면 우리는 가야 할 곳이 달랐다. 그때까지도 나는 그를 별로 좋아하지 않았다. 어찌 되었든 그는 사냥꾼, 나는 사냥감. 위계가 있었다.

　어느 날 다른 학교와 패싸움이 크게 붙었다. 그 시기 학교의 열등반 아이들은 자연스럽게 다 같이 어울리며 지역에서 불량한 애들이라며 배척되고 있었다. 수업을 마치고 중랑천 근처 공터는 전쟁터가 될 예정이었다. 열외는 배신이었고 겁이 나거나 불안한 아이들조차도 함부로 도망갈 수 없었다. 나 역시 불길한 생각과 도망칠 궁리를 했지만, 도리가 없었다. 싸우러 가지 않으면 남은 학교생활을 반 아이들과 싸워야 하니까. 혼자서 주먹을 만지작거리며 초조하게 모든 수업이 끝나기를 기다릴 때쯤, 그가 왔다.

"넌, 하지 마."

매섭게 말하는 그의 눈빛에 아무 말도 하지 못했다. 그날 겁이 났던 누군가 몰래 선생에게 패싸움 소식을 알렸고, 선생은 아이들이 함부로 나가지 못하게 교실을 지켰다. 다른 학교의 적대 세력과 직접적인 이해관계가 없던 아이들은 속으로 안도하며 선생의 말을 따랐다. 그러나 자존심이 걸려 있던 무리는 선생들이 방심한 틈을 타 전쟁터로 나갔다. 그는 거기에 있었다. 그 싸움은 뉴스에도 짧게 나올 만큼 위험했다. 싸움에 참여했던 애들은 병원에 오래 있거나 정학을 맞거나 퇴학을 당했다. 그 역시도 한동안 볼 수 없었고, 그것이 그와 나눈 마지막 말이었다. 정학을 마치고 돌아온 그는 무단결석과 조퇴가 반복되었다. 선생도 아이들도 그에게 말을 걸지 않았다.

대학을 졸업하고 집이 이사를 해야 하는 시기에 나는 독립했다. 혼자서 생활을 견딜 수 있을 만큼의 능력을 갖추려고 온갖 아르바이트를 전전했다. 단지 그 동네를 하루라도 빨리 떠나고 싶었다. 아직 상계동에 있는 본가를 들를 때면 그 사거리를 지난다. 사거리를 건널 때마다, 핏자국을 보기도 한다. 보인다고, 생각이 든다. 그는 그때 왜 나를 막았을까. 언변이 어눌하고 투박했던 그가 했던 말은 여전히 나를 막는다. 삐끗하고 밟거나 넘어질 수 있었던 삶의 모든 교차로에서 그가 서 있었다. 넌, 하지 마. 그때마다 나는 발과 말을 멈췄다. 나도 모르게 실행할 수 있었던 불의와 폭력의 순간에서, 그가 보인다. 그가 서 있다.

그가 어릴 때부터 할머니와 둘이 살고 있었다는 사실은 나중에야 알았다. 판잣집이 몰려 있던 구역에 집이 있었고, 할머니를 곧잘 때렸고, 사건 이후로 집을 나와서 어떤 형들과 숙소 생활을 하며 자퇴를 준비하고 있었다는 것도. 4월 9일, 그의 기일은 아직도 이상하게 잊을 수 없다. 나는 그에게 친구였을까? 여기까지가 내가 아는 그의 전부다.

한겨울 밤의
꿈

오랫동안 전하지 못한 편지를 이제야 적어봅니다.

교실 창밖에 눈 덮인 운동장이 하얗게 튕겨내는 겨울 햇빛을 멍하니 자주 보던 날들이었습니다. 그해 겨울의 일은 전부 기억나지 않지만, 학교 앞 문방구에 새로 들어온 오락기 때문에 유독 설레고 추웠던 겨울로 기억합니다. 오락기 앞에 놓인 낮은 플라스틱 의자에 앉아 있으면 쌓였다가 녹은 눈 때문에 엉덩이가 축축하게 젖었기 때문이지요. 저는 그 게임을 일주일에 한 판이나 두 판밖에 할 수 없었습니다. 아이들에게 용돈이란 건 언제나 부족한 거니까요. 기회비용이라는 개념을 우리는 그 시절 이미 다 배웠던 걸지도 모르겠습니다. 나머지 시간은 다른 애들이 하는 걸 구경하느라 저녁이 오는 줄도 몰랐지요. 한 무리의 아이들이 웅성거리며 모여 있다가 멀리 교문으로 걸어 나오는 선생님들이 보이면 사자를 피해 도망가는 아프리카 가젤들처럼 잽싸게 흩어졌습니다. 나중에는 암묵적으로 가장 늦게 합류한 아이가 망을 보는 식으로 규칙이 생겼지요. 어쩌면 그 긴장감이 우리를 더욱 오락기 앞에 붙들었던 걸지도 모르겠습니다. 하나의 시절이 평범하게 사라지는 조용한 겨울이었습니다. 6학년 3반으로 만났던 선생님과의 시간도 끝나고 있었고요.

겨울방학을 앞둔 어느 날, 수업 끝나고 잠시 남아 있으라는 말에 온갖 생각이 들었습니다. 그 시절 제가 저지른 죄의 목록 중에서 선생님과 독대해야 할 만큼 위중한 것은 무엇인가. 감추려 했던 것은 무엇이고 들키고 만 것은 무엇인가. 혼자서 잔뜩 졸아붙은 채로 교탁으로 다가 갔을 때 선생님의 미소를 보고 들었던 안도감이 기억납니다. 방학하고 2주 뒤에 함께 어디를 가자는 말에 쭈뼛거리는 저를 보던 선생님의 눈빛이 기억납니다. 제가 가진 열화된 기억으로나마 그때의 눈빛이 어떤 말을 하고 있었는지, 지금은 조금 알 것도 같습니다.

처음으로 레스토랑에 가서 피자를 먹었고요. 피자를 파는 곳에서 피자만 파는 게 아니라는 걸 처음으로 알았고요. 뮤지컬이라는 것도 처음 보았습니다. '한여름 밤의 꿈'. 한겨울에 본 한여름 밤의 꿈은 겨울이었을까요, 여름이었을까요. 분장을 한 어른들이 시시각각 번쩍거리는 조명 아래에서 연기와 노래를 하는 광경은 충격적이었습니다. 아이들을 위해 순하게 개작을 했다지만 내용이 어려웠지요. 어떤 대사가 있었는지 지금도 다 생각나지 않습니다. 관람을 마치고 집 앞까지 태워다주시는 차 안에서 저는 난감했습니다. 재밌었냐는 질문에 재밌었다는 짧은 대답이 망설여졌지요. 지금에서야 고백하지만, 저는 불편하고 당황스러웠습니다. 선생님 가족이 주고받는 즐거운 식사와 다정한 대화가요. 그때의 저는 겪어보지 못한 풍경이었습니다. 도무지 어색해서 자연스럽게 참여하지 못했지만, 알게 모르게 느꼈던 것 같습니다. 선생님이 제게 보여주고 싶었던 건 뮤지컬이 아니라 가족의 모형이었다는 걸. 어렵고 불행하지 않은 가족의 모습이 제게 필요하다고 여기셨다는 걸 이제는 이해합니다.

이후로 살면서 저는 많은 스승과 만나고 헤어졌지만 특별하게 기념할 만한 만남은 많지 않았습니다. 제가 살면서 만난 대부분의 스승은 제게 세상을 향한 불신과 환멸을 교육하기도 했지요. 선생님을 찾지 않았던 이유도 그랬습니다. 어른들의 무시와 폭력을 반사하는 일에 골몰했던 사춘기를 지나도록 선생님이 제게 심어두신 것들을 제대로 이해하지 못했던 탓이지요. 졸업하는 날, 직접 손뜨개로 만드신 물병 주머니와 함께 주신 카드에는 뮤지컬의 대사가 기억나느냐고 적혀 있었습니다.

'아무리 천하고 멸시할 만한 것이라도, 사랑은 훌륭

하고 품위 있는 것으로 바꾸어준답니다.'

　　그때는 그 말의 의미도 모르고 단어도 어려워서 대충 외우고 다녔습니다. 지금의 저 말도 정확하지는 않겠지만, 카드와 더불어 학부모에게 전달하라고 주신 생활기록부에 적혀 있던 말들은 기억합니다. 아무리 봐도 좋은 말이 아닌 것 같아서 부모님께 안 드리고 며칠을 펼쳐보며 고민하다가 몰래 버렸거든요.

　　선생님, 저는 시인이 되었습니다. 아마 상상도 못 하시겠지요. 제가 저를 감당하고 해결하려다가 찾은 방식이었습니다. 사람을 돕거나 아프게도 하고 착한 일과 나쁜 일도 했습니다. '사랑'이라는 말은 너무나 막연하고 무책임해서 여전히 싫습니다. 차마 생각하지 않았던 일들을 하나하나 해보기도 했고요. 몹시 두렵고 자신 없는 시간도 있었습니다. 그러나 평범하고 보통의 일들을 상상할 수 있는 삶을 살고 있습니다. 그뿐만 아니라 다른 사람들과도 제법 지내면서 연애도 해보았고요, 결혼도 해보려고 합니다. 아마 머지않은 날에 누군가의 부모가 되는 결심을 하는 날도 오겠지요. 가족을 만든다는 상상이요. 그래서 생각이 났습니다. 훌륭하고 품위 있게. 그러기 위해 필요한 행동과 의미를 제가 알지도 못하는 사이에 배운 적이 있었다는 사실이요. 마치 꿈에서 누군가 가르쳐준 것처럼, 그렇게요.

2020년은 송구영신이라는 말이 어울리지 않는 시간이었습니다. 1년이라는 시간이 통째로 누군가 인류에게 던지는 어떤 질문 같았지요. 인간이 이대로 존속해도 괜찮은 것인지, 질책하는 것 같기도 했습니다. 병이 사람의 몸과 마음에 도는 와중에 세상은 악한 쪽으로 기우는 듯 보였습니다. 악마의 거울에는 인간만이 들어 있다는 말도 있지요. 생명을 포기하거나 빼앗기는 사람들이 줄지를 않습니다. 괴롭히고 싶어서 안달이 난 것처럼, 고통 속의 사람을 조롱하는 일이 이렇게 쉬워질 수 있을까요. 최근에는 입양한 아이를 아무렇지 않게 죽음으로 밀어 넣은 부모가 있었습니다. 저는 가능하면, 모두 외면하고 싶습니다. 함부로 말할 수 없는 일들에 침묵하는 게 궁극적인 선의라는 핑계가 제게는 있습니다. 그러나 솔직한 마음은 그게 아닐 겁니다. 알고 싶지 않은 겁니다. 저들의 추악함이 곧 나의 추악함일까 봐, 세련되고 은밀하게 눈을 돌리고 적당히 도망치고 싶은 마음이겠지요.

겨울은 가끔 눈으로 모든 걸 덮지만 끝까지 덮을 수는 없겠습니다. 그래서 생각이 났습니다. 그날 보았던 뮤지컬은 꿈과 환상의 것이었지만, 그렇기 때문에 살면서 겪는 행운과 불행이 두껍게 덮여도 간직할 수 있었습니다. 이것은 선생님이 제게 만들어두신 겨울의 일일 겁니다. 아이에게 어떤 말을 하고 어떤 모습을 보여줄 것인가를 고민하는 어른만이 그들의 세계도 훌륭하고 품위 있게 바꾸어 나가겠지요. 그런 어른, 저도 될 수 있을까요. 조금은 노력하며 살았던 것 같은데, 확신할 수는 없습니다. 아마 계속해서 자신 없는 일일 겁니다. 문득 지금의 저를 보며 당신께서 어떤 말을 하실지 두렵고 궁금합니다.

어니선가 이 편지를 읽으실지도 모르겠습니다. 겨울입니다. 또 어딘가에서 그렇게 아이에게 보여줄 수 있는 모습들을 가진 선생님이 계시겠지요. 손뜨개를 하며, 다정한 일들을 일으키는 사람이요. 그것을 믿어보려 합니다.

새해니까요. 우리 모두의.

겨울이 지나면, 다시 만날 수 있겠습니다.

건강하세요.

사월에
꽃이 지면

내게는 4월 징크스가 있다. 사월. 표기법은 출판사나 언론사마다 규칙이 조금씩 다르지만, 나는 4월의 아라비아 숫자 표기를 '사월'이라고 한글로 쓰길 고집할 때가 있다. 사월은 동음이의어로 모래 위의 비치는 달이라는 뜻의 '사월砂月', 서쪽 하늘로 지는 달이라는 뜻의 '사월斜月'이 있는데, 여러모로 한 가지 표기에 다양한 의미가 담기는 그 미묘한 느낌을 좋아한다.

이는 개인적으로 시에서도 자주 사용하는 감각이다. 출판사 표기법에 따라 '오후 4시'로 표기해야 하는 부분을 '오후 네 시'로 사용하는 식이다. '4시'라는 시각 표기와 너의 시간時 혹은 너의 시詩라는 의미를 담은 '네 시'라는 표기를 겹쳐 표현하는 일이라고 여기는 것이다. 한글이 표음문자라는 점에서 비롯되는 특징이고 외국인들은 이런 부분 때문에 한글을 어렵게 여기기도 하지만, 나는 이런 점이 한글이 가지는 매력이라고 생각한다. 물론 이런 생각은 알아보는 이 없는 혼자만의 만족이거나 착각에 가깝다.

그리고 4월은 내게 한 가지 의미가 더 있다. 어쩐지, 시대와 사람에게 많은 비극이 일어난 '사월死月'이기도 한 것이다.

신춘문예에 당선되고 나면 1월 1일 신문에 작품과 이름과 사진이 실리며 시를 쓰는 사람이라고 호명을 받게 된다. 물론 당선 통지는 2~3주 전에 미리 받아서 알게 되지만, 내가 쓴 작품이 세상에 공표되고 모종의 공식적인 인증을 받은 듯한 경험은 살면서 한 번도 겪어보지 못한 체험이었다. 사실 어제와 다를 바 없는 오늘이고 또 내일이 올 뿐이지만, 그 순간만큼은 하루아침에 복권에 당첨된 기분과 사기를 당해 전 재산을 잃고 쫄딱 망한 기분이 반반 섞인 듯한 상태가 된다. 기쁨은 아주 잠시뿐이고 동시에 '이다음엔 무얼 해야 하지?'라는 막막함이 들이닥친다. 그리고 곧 깨닫는다. 전력으로 달려서 도착한 결승선이 사실은 진정한 출발선에 불과하다는 걸. 드라마 〈미생〉에도 이런 대사가 있지 않았나. 어쩌면 인생이라는 건 문을 열고 그 안에 들어가면 또 다른 문이 있고, 계속 다음과 그다음 문만 열다가 끝나는 일 같다고.

스물다섯, 시인으로 호명된 그해 4월에 나는 여전히

시인이라는 정체성에 적응하지 못하고 있었다. 마음과 생각에 과도하게 힘을 주고 마치 세상에 마지막 남은 현자라도 된 양, 쓸데없이 거창한 부담감에 사로잡혀 있었다. (그리고 밥벌이를 위한 또 다른 '직업'을 준비하지 못하면 사는 내내 가난하리라는 두려움에!) 도무지 이 삶은 어떻게 살아나가야 하는지 알지 못하겠고 슬쩍 엿보고 따라 해볼 생활적인(?) 선배도 주변에 없었다. 하루에도 몇 번씩 오락가락하는 자기 확신과 자기비판. 지금 돌아보면 한 대 쥐어박고 싶은 자기 과몰입의 시절이었다. 문예지들로부터 처음 받아본 작품 청탁들은 기쁘기보다 무서웠고, 보이지 않고 들리지 않는 타인의 평가에 몸살을 앓으며 그해 봄을 소심하게 끙끙거렸다.

텔레비전 속에서 배가 가라앉고 있었다. 그 배에 수학여행을 떠난 고등학생들이 타고 있다는 사실이 모든 채널에서 속보로 터졌다. 당시에 그들을 구하지 못하리라는 생각은 당연히 하지 못했다. 밤낮을 바꾼 채로 서툴게 작품 마감을 하던 나는 책상으로 돌아가지 못하고 가족과 함께 화면을 지켜봤다. 구하겠지. 에이 설마. 뒤집힌 배의 바닥이 수면 아래로 다 들어가고 그 위로 밤이 깔렸다. 나는 그렇게 공포로 가득한 어둠을 본 적이 없었다. 말 그대로 칠흑이었다. 이튿날, 무언가를 직감한 엄마의 눈가에 눈물이 맺히는 것을 보았다. 부모라서 예감하고 공감하는 절망. 내가 감히 아우를 수 없는 절망. 시인이 된 지 4개월, 내가 시인이든 시인이 아니든, 그런 건 중요한 일이 아니었다. 내가 살아 있음으로 인해 가질 수 있었던 자랑과 허무와 고뇌는 더 이상 중요한 일이 아니었다.

　　나와 비슷한 시기에 등단했던 동료 시인들과 가끔 모여 이야기할 때면, 우스갯소리로 우리는 너무 슬픈 시절에 시인이 되어서 만날 슬픈 글만 쓰나 봐, 말하곤 한다. 국가적 재난 상황에서 암묵적으로 가장 먼저 금지되는 일은 문화예술이다. 당시 장르를 불문하고 수많은 공연과 페스티벌들이 취소됐다. 친구로 지내던 예술인들 역시 수입이 끊겨 힘든 계절을 지내고 있었다. 그러나 그 누구도 함부로 힘들다고 말하지 않았다. 대신 문인들은 각종 추모제에 사용될 추모 글을 작성하거나 낭송을 했다. 나 역시 몇 번의 추모 행사에서 시인이랍시고 추모 시를 낭송한 적이 있었는데, 고작 스물다섯 살짜리인 내가 함부로 이해한다거나 감당할 수 있는 슬픔이 아니었으므로 나중에는 정중히 거절했다. 살아 있다는 게 몹시도 민망했다. 시간은 4월 16일에서부터 너무 느리게 흘렀다.

　　코로나 시대 이전에는 1년에 두세 번씩 제주로 떠났

다. 마지막으로 갔던 제주에서는 4·3평화공원에 들렀다. 제주도 북동쪽, 근처에 있는 휴양림에 가려다가 길에 이끌려 의도치 않게 잘못 들어가게 된 것이다. 그곳에서 제주 4·3에 대해 처음 면밀히 알게 되었다. 평화공원은 넓고 지대가 높아서 멀리 보이는 마을들이 순하게 흐르고 있었다. 그 평원은 생각보다 절경이었고, 내부에 있는 4·3평화기념관은 예상외로 놀라웠다. 전시의 내용과 순서가 서사를 갖추고 있고 관람객의 감정을 효과적인 기승전결로 이끌었다. 마치 잘 다듬은 문학작품처럼. 전시된 당시의 증거 물품들과 상황을 재현한 설치작품들의 수준도 전혀 조악하지 않았다.

그러나 4·3평화공원을 빠져나오면서는 슬며시 슬픈 생각이 들었다. 이 아름다운 조경과 기획들이 결국, 누군가의 절박함이고 처절함이었겠구나. 후대의 누군가들이 잊지 않았으면 하는, 그래서 같은 폭력을 당하는 일이 없었으면 하는, 그런 소원이었겠구나. 자주 오게 하고, 자주 기억하게 해서, 반복되게 하지 않고 싶었겠구나.

비극만 있었던 건 아닐 것이다. 민주주의 혁명이라 여기는 4·19도 4월의 일이다. 임시정부 수립도 4월 11일에 있었다. 4월 5일은 식목일, 7일은 보건의 날, 20일은

82

장애인의 날, 21일은 과학의 날, 22일은 심지어 지구의 날이다. 28일은 충무공 이순신의 탄신일이다. 자연과 과학, 민주주의와 인권, 지구와 영웅의 날이 모두 4월에 있다.

그러나 나는 4월을 지내는 내내 영 기운이 없다. 내삶의 외부에서 일어난 불행과 내부에서 일어난 불행들이모두 4월 달력 속에 고여 있다. 어쩐지 세상의 슬픈 일들은 대체로 4월에 일어났고, 다소 잔혹한 표현이지만 나는4월을 곧잘 '피 내리는 사월'이라고 부른다. 4월에는 도무지 어떤 일도 자신이 없다. 중요한 일들이 4월에 있으면그 일들을 곧잘 망쳤고, 4월이 되면 나는 인간으로서 가장 나약한 기분이 되어 집 밖으로 잘 나가지 않는다. 완연한 꽃들도 끝내, 4월을 지나가며 잎을 떨군다.

얼마 전에 아내가 된 짝꿍에게 이런 징크스를 고백한 적이 있다. 그때도 왜인지 모르게 얼이 나가, 직장 업무에서 사소한 실수를 하고 그것을 덮으려다가 큰 잘못으로만든 4월의 어느 날이었다. 다만 그때 아내가 내게 아주쾌활하게 했던 말을 나는 종종 떠올린다. "괜찮아, 앞으로의 4월에는 내가 같이 있어줄게. 같이 망하자." 그리고거짓말처럼 4월 징크스가 조금은 아무렇지 않게 되었다.

사람이 기억을 견디지 못하는 게 아니라, 기억이 사람을 견디지 못하기도 한다. 마음은 문과 문틀 사이에 달린 경첩 같은 것이어서, 어떤 기억은 사람을 뛰쳐나가며 마음을 밀어 접는다. 나는 그 과정을 슬픔이라고 부르지만, 슬픔을 통해서만 알 수 있는 어떤 진실이 있을 것이다.

올해 사월은 아무리 만져도 사라지지 않는 모래 위에 비친 예쁜 달그림자거나, 서쪽 하늘로 지며 동쪽에서부터 빛을 불러오는 사월이 되었으면 좋겠다. 결국, 살아 있는 모두에게 말이다.

사랑이 아니라
말하지 말아요

알베르 카뮈의 소설 《이방인》의 주인공 뫼르소는 실존주의자들을 오랫동안 매료시킨 실존주의의 마네킹이다. 카뮈는 '나는 진실로 누구인가?'라는 질문 앞에 뫼르소를 세워두고, 개인의 욕구와 사회의 현실이 충돌하여 공허하고 황폐하게 말라버린 사막과도 같은 내면으로 뫼르소를 점차 몰아간다. 소설의 마지막까지 시대가 받아들일 만한 통념적인 모습을 갖추고 사회에 '정상인'으로 편입하라는 암묵적인 요구를 거절하며 무감각하게 반응하던 뫼르소는 모종의 사건으로 살인죄를 판결받아 사형을 선고받는다. 그러나 눈앞에 닥친 자신의 죽음을 두고 뫼르소는 되레 자신의 삶을 가장 또렷한 행복의 형태로 자각한다. 자신을 둘러싼 사회와 종교, 인간이 만든 규칙과 언어를 모두 헛것으로 여겼던 뫼르소가 끝내 세상을 벗어나며 자신의 내면에서 목격한 것은 무엇이었을까. 죽음으로써만 온전할 수 있는 영혼이라는 건, 얼마나 참혹한 안식일까.

나는 연인을 타인에게 소개할 때 짝꿍이라는 표현을 쓴다. 애인이라는 지칭은 왠지 모르게 느끼하고, 여자 친구라는 지칭은 어쩐지 가볍게 여겨지기 때문이다. 누군가 배우자를 짝꿍이라고 부르는 걸 듣고는 그때부터 따라 쓰기 시작했다. 아무튼, 어느 날 대화를 나누던 중에 짝꿍이 대뜸 눈물을 보였다. 몹시도 당황했다. 짝꿍은 대체로 느릿하거나 예민한 나와는 다르게 평상시 감정 상태가 주로 즐거움과 화남, 둘 중 하나로 이루어져 있다. 그래서 짝꿍이 눈물을 흘리는 상황은 굉장히 심각한 상황임을 드러내는 표현인 것이다. 짝꿍과 나는 어떤 죽음을 이야기하고 있었다.

짝꿍은 일반적인 송무를 하며 종종 공익 활동을 겸하는 변호사다. 변호사라는 직군의 업무 강도가 나로서는 가히 폭력적일 정도로 느껴지는데, 그 와중에도 잠을 줄이고 휴일을 반납해가며 각종 인권 보호 활동에 참여하고 있다. 시인과 변호사라는 부조화스러운 조화에 대해서는 아마 다른 기회에 각별하게 이야기해볼 수도 있겠다. 서로 꽤 동떨어진 직업과 언어를 가진 탓에 우리의 대화 주제는 자주 사적인 테두리를 벗어나서 사회문제에 이르기까지 광범위하게 뻗어 나가는데, 그날 짝꿍은 내게 그의 투쟁과 의미에 대해 공들여 설명하던 끝에 눈물을 보이고 말았다.

　도산 안창호 선생이 신성한 날이라 칭하며 "대한민국 자유와 평등과 정의의 생일"이라고 말했던 삼일절이 이틀 지난 3월 3일, 변희수 하사는 자택에서 숨진 채 발견됐다.

　육군부대 하사로 근무하며 성전환 수술을 받은 트랜스젠더인 그의 이야기로 많은 곳에서 소란스러웠다. '시스젠더 헤테로cisgendered and heterosexual, 생물학적 성과 사회적·심리적 성이 일치하는 이성애자' 남성인 나는 그가 어떤 삶을 겪어냈는지 차마 알지 못한다. 공감이 대상의 처지와 감정에 대한 상상과 몰입을 통해 발휘되는 능력이라면, 나는 차마 그가 겪었어야 할 삶을 상상조차 할 수 없다. 그는 본인의 꿈, 신념이 담긴 조직에서 성실하게 존속하고자 했다. 자신이 타고난 영혼의 모습 그대로 존재하고자 했다. 그러나 그는 '심신장애'라는 판정을 받고 해고당했다.

　'장애'라는 단어의 사전적 정의는 '신체 기관이 본래의 제 기능을 하지 못하거나 정신 능력이 원활하지 못한 상태'다. 심신장애는 해당 직무를 수행하기 위한 육체적 기능이 저하했거나 혹은 이성적인 판단이 불가능한 정신의 불안정성이 발생했을 때 내려지는 판정이다. 그가 판정받은 '장애'의 근거는 대체 무엇일까. 육체의 어떤 부분이 그토록 심각하게 근무 능력 저하를 일으켰으며, 정신의 어떤 발현이 조직에 그토록 손해를 끼친 것인가.

나는 영혼의 모양과 육체의 모양이 다르므로 발생하는 삶의 결핍과 절망과 고통을 알지 못한다. 사람이 계절과 날씨를 선택할 수 없는 일처럼, 태어나며 강제로 주어진 몸을 겪으며 많은 이들의 '반대'를 경험할 때의 속수무책과 아연함을 알지 못한다. 그들이 그들의 '자유'를 사용해서 나의 영혼을 업신여길 때, 나를 둘러싼 모든 세상이 강철로 만든 괴물처럼 느껴질 때의 공포에 대해서, 차마 알지 못한다.

그러나 '반대'와 '자유'를 서로 붙여 사용하지 말아야 할 단어라는 것은 안다. 자유의 용도는 저울이 아니다. 저울에서 들어 올려지고 결국 튕겨 나간 자들이 너무 멀리 떨어져 다치지 않도록, 저울 주위에 둘러치는 안전그물 같은 것이다. 다수결은 최선을 가리는 의결 수단이지 최악을 심판하는 판결 수단은 아닐 것이다.

《이방인》의 뫼르소는 끝내 세상을 사랑할 수 없었다. 그는 사회와 타인과 끊임없이 불화하면서 냉소와 죽음으로써 세상을 영원히 이탈하는 결론으로 도달했다. 그러다가 문득, 소설 속 세상은 뫼르소를 사랑할 수 있었을까, 하는 생각을 해본 것이다. 세상의 규정을 거부하면서, 시

종일관 단호한 태도로 자신의 실존을 고집하려는 자를 우리는 사랑할 수 있을까. 나는 끝내 그럴 수 있을까.

변희수 하사는 그러나 세상을 사랑했던 것 같다. 세상보다 먼저 세상을 사랑했던 것 같다. 자신의 직업을 사랑했고, 동료를 신뢰했으며, 세상을 이해할 각오와 공존할 수 있다는 믿음이 있었던 것 같다. 그리고 그것은 내가 가진 사랑과 신뢰와 믿음과 별반 다르지 않은 것 같다. 사랑을 하고 사랑을 받는, 지극히 평범하고 누구나 자유롭게 누리고 싶은 행복으로의 존속이, 내가 꼭 그에게서 뺏은 줄도 모르고 뺏어온 것만 같다.

이 글은 꽤 오랜 시간 고민이 들었다. 말할 수 없는 것에는 침묵하라는 비트겐슈타인의 오랜 전언을 상기하고서라도, 시인의 언어는 선언이거나 구호가 아니어야 한다는 말을 문학 수업 시절에 누누이 들어왔다. 차라리 모두 외면하고 밝고 좋은 이야기를 하는 편이 나았으려나. 그러나 짝꿍의 눈물이 불쌍함이거나 분노가 아니라 죄책감이라는 것을 이해할 때쯤, 나는 내가 건넬 수 있는 손수건이 갖고 싶었다.

가수 이소라의 노래 중에는 이런 가사가 있다. 이 가사를 지금도 어딘가에서 그렇게 울고 있을 사람들에게 희고 작은 손수건을 대신해서 건네고 싶다. 그리고 그 귀퉁

이에 노란 국화 꽃잎을 수놓듯, 덧붙이고 싶다. 미안하다
고. 나 역시도 당신의 아픈 세상의 일부여서, 정말 미안하
다고.

보이지 않는 길을 걸으려 한다고
괜한 헛수고라 생각하진 말아요
내 마음이 헛된 희망이라고는
말하지 말아요

(…)

그대 두 손을 놓쳐서
난 길을 잃었죠
허나 멈출 수가 없어요
이게 내 사랑인걸요

(…)

그대 없이 나 홀로 하려 한다고
나의 이런 사랑이
사랑이 아니라고

나를 설득하려 말아요

—이소라, 〈사랑이 아니라 말하지 말아요〉

우리의 빙하가
녹는다는 것

호주의 기상학자 윌 스테펀은 2019년 서울에서 개최된 '국제 인류세 심포지엄' 기조 강연 끝에 말했다. 아직 인류가 종말의 임계점을 넘지는 않았다고. 과학자니까, 거짓말은 아니었으리라 믿는다. 그러나 그 말을 믿는다고 해도, 우리가 만든 세상은 너무 많은 임계점들에 이미 도달한 것은 아닐까. 빠르고 조용히, 알면서도 모르는 척. 그렇게 말이다.

각종 잡지에서 청탁받은 시들을 쓰기 위해 매일 새벽 끙끙대고, 멍이 들듯이 파래지는 아침을 보며 잠이 드는 8월이었다. 앓는 형국이었다. 시인들은 대체로 공통점이 있는 사람들이지만, 다른 직업군과 마찬가지로 습관과 성향에 따라서 버티고 사는 모습이 다르다. 그중에서도 나는 게으르고 느린 편에 속한다. 신중함이라고 둔갑시켜 말하고 싶지만, 그냥 본성이 게으르고 느린 게 맞다. 집중력에 불이 붙기까지 예열 과정이 꽤 길고 지루한 편이니까. 밤에 길들어서 세상이 어두워져야 읽고 쓸 수 있는 나는 여느 때처럼 컴컴한 방에서 노트북과 단둘이 지냈다. 흔히 창작의 고통을 비유하는 많은 비유법 중에 투병의 모습에 빗대는 건 유치하지만 꽤 적확하고 효율적이다. 그러나 진짜 병이 거리를 돌아다니는 현실 속에서 나의 투병은 하찮고 안전했다. 심각한 현 상황을 생각하면 부끄러웠다. 부끄러울 때마다 자세를 고쳐 잡았다. 나의 고통은 얼마나 작고 안온한가.

세상에 금이 갔다. 정확하게는 세상을 이루는 개인들의 일상이 모두 조금씩 부서졌다고 말하는 편이 옳을 것이다. 당연하게 해왔던 일들이 이제는 당연하지 않다. 코로나는 시대의 호칭이 되었고 도시의 사람들은 더욱 외롭고 사나워졌다. 지난 2020년을 복기하면 마치 고요한 집 안에서 불현듯 탄내가 진동하는 상황처럼 여겨진다. 부엌에서 밥이 탄 것인지, 아니면 옆집에서 불이 난 것인지. 안 좋은 징조들은 냄새처럼 가득하지만 어떤 불행도 아직 확실하게 눈에 보이지 않는다. 환기를 시켜야 하는지, 아예 집 밖으로 대피를 해야 하는지. 그런 망설임과 우왕좌왕이 올해도 봄부터 가을까지 사람들의 눈빛을 불안하게 흔들었다.

해야 할 일들을 미루고 싶어서 괜히 온라인 신문 기

사들을 읽다가 뇌리에 강력하게 남은 단어. '임계연쇄반응'. 북극권과 시베리아의 해빙이 심상치 않고, 해수면 높이 상승에 가장 큰 영향을 미친다는 그린란드의 빙상 소실이 올해 역대 최고 기록을 경신했다는 내용이었다. 질병과 기후위기가 함께 오는 이 세계는 너무나 디스토피아적이지 않은가. 이 추세로 진행된다면 북극권 바다의 얼음은 30년 안에 모조리 녹는다는 것. 아니, 30년 안에 지구와 인류에게 종말이 온다는 것. 이를 두고 호주의 저명한 기상학자가 지구는 돌이킬 수 없는 변화가 동시다발적으로 일어나는 임계연쇄반응 시대에 다가서고 있다고 경고했다.

그가 말한 임계연쇄반응이란 녹은 빙하에서 유출된 물이 다시 열을 머금고 해빙을 가속하고 이렇게 영구동토층이 녹으면서 탄소 배출이 급증하고 배출된 탄소는 다시 영구동토층의 증발을 가속하며 지구 생태 시스템을 붕괴시키는 순환이 다가온다는 내용이었다. 기상학자의 입에서 나온 말은 마치, 인류가 저지른 죄의 탄성이 인간을 멸망의 방향으로 튕겨내려고 새총의 고무줄처럼 팽팽하게 당겨져 있다는 듯이 들렸다. 너희는 이미 늦었다. 이것이 비유도 은유도 없이 사실을 전달하는 과학의 말이라니. 얼마나 섬뜩한지.

잘 지낸다는 친구의 밝은 음성은 잘 지내지 못한다는 듯이 들렸다. 타인의 불행은 가끔 눈치를 채도 알아채지 못한 척해야 할 때가 있다. 친구가 필요했던 건 아마 소소하고 시답잖은 대화의 나열이었을 것. 나는 친구의 아이가 잘 자라고 있는지 물었다. 잠을 규칙적으로 자주 자니까 얼마나 편한지, 엄마를 발음하지 못해서 어마마마 하면서 부르는 게 얼마나 귀여운지, 튼튼하게 불어나는 몸무게와 쌍꺼풀을 언제 만들어줘야 하는지를 말하는 친구와의 통화는 어쩐지 힘들었다. 아버님은? 묻고 싶었지만 차마 꺼내지 못했다. 친구의 아버지는 암이었다.

　코로나로 인해 입원 환자의 병간호를 하는 사람만 간신히, 그것도 매번 코로나 감염 검사를 해야만 들어갈 수 있는 상황에서 아버지랑 싸운 어머니가 병실을 뛰쳐나온 날이면 친구가 집에서 아이를 돌보다가 병실로 들어갔다. 아픈 사람이 가지는 변덕과 생존에 대한 조급함은 가족들을 지치게 했다. 친구는 지금까지의 인생 대부분을 자신의 아버지가 일으킨 가정의 불화를 감당하느라 마음이 많이 닳았다.

　애정과 증오가 오래 공존했던 사람의 마음은 점차 얇아진다. 그래서 쉽게 찢어진다. 그랬던 친구가 자신의 가정을 만들면서 조금씩 두꺼워졌다. 지켜야 할 것이 있는 사람은 영혼에 부드러운 근육이 생기는 걸까. "아이가 생긴다는 게 어떤 기분이야?" "죽을 만큼 힘든데 죽을 만큼 행복해." 친구의 말이 마치 또 다른 애증이 생겼다는 듯이 들려서 속으로 웃었다. 모두가 그런 것은 아니겠지만, 육아의 본질은 결국 또 한 번 마음을 최대로 늘이고 줄이는 훈련이겠구나. 웨이트 트레이닝처럼. 통화의 마지막 인사는 늘 같았다. 코로나 지나면 보자.

친구는 아버지를 용서하는 중일까. 아니면 새롭게 미워하는 중일까. 그도 아니면 시간이 모래처럼 덮여 애정도 증오도 작은 모서리만 남았을까.

지금 이 순간에도 우리의 빙하는 녹고 있을 것이다.

지구의 극점에 있다는 얼음의 세계는 인간이 생존하기 힘든 곳이지만, 그곳이 존재하므로 생태가 돌아가고 인간의 영토가 안전해진다. 빙하가 녹는 이유가 인간의 잘못인지 지구의 운명인지는 논란의 여지가 있겠지만, 그 원인 중에 인간의 잘못이 전혀 없다고는 할 수 없을 것이다. 인간은 자연의 허락을 초과하면서 살아왔다. 너무 많이 만들고, 너무 쉽게 버리고, 너무 크게 싸웠다. 인간은 참 바빴다. 멈추지 않고 바빴다.

불안을 느끼는 사람들은 싸울 준비를 한다. 이것은

동물이 가진 속성이다. 분노는 위기 상황을 해결하기 위해 몸이 필요로 하는 정서적 자세이기 때문이다. 몸에 더 많은 긴장을 발생시켜 적으로부터 도망치거나 맞서기 위해서는 슬픔이나 우울보다 분노나 공포가 지배하는 상태가 이롭다. 그래서 불안을 분노로 가공하는 건 동물이 살아가기 위해 하는 본능에 가깝다.

그러나 분노와 공포는 전염이 된다. 내 옆에 있는 누군가가 분노한다는 건, 바로 주위에 위기 상황이 닥쳤다는 신호다. 확산하는 분노와 공포는 섬세함과 방향감각을 상실한다. 우리가 조금 더 살기 위해서는 이전보다 더 자세하게 생각하고 정확하게 싸워야 할 텐데, 이제 시간이 없을지도 모른다. 모든 애정과 증오의 모서리를 덮어줄 시간이 우리에게는 많지 않을지도 모른다.

가을을 지나 겨울에는 끝이 날까. 하얀 눈이 내리고, 그 눈이 이 모든 분위기를 차분하게 덮어줄 수 있을까. 다시 단순한 일상과 사소하고 다정한 생각을 하면서 생활을 채울 수 있다면. 이 문장을 적기 시작한 새벽에는 태풍이 왔다. 깨질 듯이 흔들리는 유리창. 이번 여름은 유독 손이 거칠다. 아침이 오면 친구에게 전화를 걸어야겠다.

봄날의 개를
좋아하세요?

고대 이집트의 지하 묘지에는 사람과 더불어 여러 가지 동물의 묘가 함께 있다. 주로 고양이와 개의 미라가 많고 황소나 말, 인간의 삶과 인접했던 가축들이 인간의 묘와 분리되어 따로 공간을 차지하고 있다. 왕족의 묘실에는 그가 생전에 기르던 동물을 벽화에 그려 남기거나 청동으로 모습을 본떠 남기는 경우도 있다. 장례를 치르는 형식에 대해 문명 간에 차이는 있더라도 인간과 함께 묻힌 동물의 묘는 모든 문명의 흔적 속에서 곧잘 발견된다. 고대의 신들이 반인반수의 모습을 하고 있거나 입으로 전해져 온 괴담들 속 괴물들이 짐승의 속성을 닮아 있는 것 또한 인류가 동물의 모습 속에서 자연과 생명의 속성을 끊임없이 발견해왔음을 증명한다. 경이롭고 두려워하면서.

죽음을 단순히 목숨이 끝나고 소멸하는 상태로 여기는 것이 아니라 또 다른 삶이 시작하는 형태로 사유했던 고대인들은 그들의 왕이나 소중한 이가 죽었을 때 신이 인간에게 베푼 모든 것을 죽음 속에서도 모두 누리기를 원했다. 그래서 신이 신의 모습을 나눠준 모든 것들을 인간과 함께 묻었다. 즉, 신은 자신의 성질과 성향을 인간에게만 나눠준 것이 아니다. 신은 동물에게도 깃들어 있다. 어쩌면 사람은 아주 오래전부터 그 사실을 알고 있었다는 생각이 든다.

그러니까 나는 코코를 보며 가끔 신의 사랑과 분노를 체험한다고 설득하기 위해 고대 이집트 이야기까지 꺼내며 인류학적 귀납법마저 동원한 것이다.

코코는 나의 개. 쓸쓸하고 찬란하신 나의 신이다.

귀엽고 포근하고 털이 많이 빠지고 가족이 아닌 사람을 몹시 싫어하고 간식을 내놓지 않으면 온 식구를 따라다니며 구슬프게 울어대는 이 사랑스럽고 예민한 식탐의 신은 약 10년 전 어느 봄날, 정말 우연하게 내 삶으로 걸어 들어왔다. 당시 알던 동네 동생이 누군가 종이 상자 안에 넣어 빌라 주차장 입구에 버린 손바닥만 한 강아지를, 모여 놀던 공터로 데려왔다. 본인이 키우려고 했으나 부모의 반대에 부딪혔고, 경찰서에 데려가니 3일 안에 맡을 이가 나타나지 않으면 안락사를 시킨다는 이야기에 속수무책으로 다시 데려온 것이었다. 온몸에 카페라테를 잔뜩 끼얹어 놓은 듯한 색깔에 주둥이만 새카맣고 흰 양말을 신은 듯 네 발만 총총 새하얀 강아지는 단연코 압도적인 귀여움으로 모인 이들의 마음을 홀리고 있었다. 그러나 딱 봐도 집 안에서 키울 품종은 아니었다. 성견이 되면 족히 중형견 이상의 크기로 성장할 것이 보였다.

아무도 맡겠다는 이가 없었고 나 역시도 자신이 없었다. 다른 친구들이 각자의 일로 떠나고 강아지를 데려왔던 동생의 부탁으로 어쩌다가 두 시간 정도를 그 강아지와 둘이서 공터에 있었다. 같이 흙을 파며 놀다가 급기야 내 발등에 올라 자리를 깔고 잠이 든 강아지 때문에 움직이지도 못하고 있었고 골반에 쥐가 나려던 찰나, 동생이 어디서 조악한 목줄을 들고 돌아왔다. 일단 공원에 묶어 놓겠다고. 누구라도 데려가지 않겠냐고. 나는 심장이 찜찜한 기분을 느꼈으나 마찬가지로 부모님을 설득할 자신이 없었고 앞으로의 세월, 구박을 감당하며 책임질 자신이 없었다. 어릴 적 학교 앞 교문에서 할머니가 팔던 병아리와 토끼를 사 왔다가 1년도 안 되어 흥미가 떨어진 일로 앞으로는 절대 동물을 데려오지 말라는 엄포를 숱하게 받아오지 않았던가. 더 참견했다가는 두 시간짜리 애착이 20년의 애증으로 변모할까 봐 그러라고 하고서는 발길을 돌렸다.

집으로 걸어갔다. 삼십분쯤 걸었을까. 큰 사거리의 횡단보도를 건너는데 차들이 나를 향해 빵빵거리기 시작했다. 놀라서 차를 보니 어떤 운전자가 내 뒤를 손가락으로 가리키고 있었다. 그리고 거기에는 목줄을 어떻게 끊고 왔으며 언제부터 따라왔는지 모를 커피색 흰 양말 강아지가 아주 해맑게 나를 보며 꼬리를 흔들고 있었다. 오다가 어디 개나리 화단에서 구르고 왔는지 등줄기에 노란 꽃잎을 잔뜩 묻히고서는.

신은 때로 꽃가루를 휘날리며 인간을 간택하고 자신을 섬기라고 명령한다. 이성적으로 설명은 불가능하나, 사람이 사람과 사랑에 빠지는 일과 비슷한 일이라고 얼추 납득할 수 있다. 그리고 신의 계시를 받은 자는 모든 고통을 인내하고 신의 섭리를 관철하기 위해 모든 수단과 방법을 동원한다. 당시 사춘기를 지나는지, 냉랭하여 가족들과 말 한마디 잘 하지 않던 여동생에게 전화를 걸었다. 나로서는 거의 세계평화조약을 위한 거국적인 커다란 한 걸음과 다르지 않았다. 다행히 전화를 받은 동생에게 무턱대고 제안했다. 내 품에 강아지가 있다. 함께 키우겠냐고. 모든 핍박에 맞서 함께 싸우겠냐고. 동생은 흔쾌히 그러겠노라 약속했다. 나와 동생이 최초로 이루어 낸 도원결의였다.

'코코'라는 이름으로 결정하게 된 건 코코의 털 빛깔 때문에 연상된 이름이기도 하지만, 사람에게 버려진 강아지의 경우 사람에게 안심하고 가족에게 정착하기 위해 개가 알아듣기 쉬운 이름을 지어주면 도움이 된다는 걸 알게 되었기 때문이다. 받침이 없고 같은 모음으로 이루어진 두 글자 이름. 한국 강아지들 절반 이상의 이름이 '코코'라는 통계는 어쩌면 자신의 개가 자신과 가족을 편안하게 느끼기 원하는 한국인의 애정이 반영된 결과가 아닐까. 나는 개에 대해서 닥치는 대로 공부했다. 산책하는 법. 배변 훈련하는 법. 집에 독립적인 공간을 만들어주는 법. 심장사상충 약을 주기적으로 먹여야 하며 특히 모기로 감염되는 경우가 많으므로 여름에 더 신경을 써야 한다. 동물병원에 데려가서 코코의 품종을 '믹스mix'라고 적었는데, 흔히 똥개라고 일컫는 '잡종'이라는 표현은 개를 비롯해 인종의 차원에서도 멸시의 뉘앙스가 섞인 단어라는 것도 알았다. 인간이 종을 구분하려는 이유 속에는 종과 종 사이에 계급을 만들어내려는 욕망이 함께 투사되어 있는 걸까.

내가 데려왔을 때 코코는 생후 2개월 정도였고, 종이 상자에 트라우마가 있는지 상자만 보면 소파 밑이나 내 뒤로 떨면서 숨었다. 모든 식구가 집을 비우는 날에는 외출하는 내내 코코의 울음이 들리는 것만 같아서 서둘러 돌아왔다. 그러면 휴지와 문틀과 벽지가 넝마가 된 집이 펼쳐졌다. 멋진 산책의 방법을 몰라서 산책을 할 때면 차도로 뛰어들까 봐 거의 절반은 안고 다녔다. 코코는 거리의 인기를 독차지했다. 자려고 침대에 누우면 자신도 옆에서 자고 싶다고 침대에 매달려 그렁그렁한 눈으로 쳐다봤다. 아침에 눈을 뜨면 코코는 내 목덜미를 목도리처럼 감고 꼬리로 팡팡 뺨을 때려 남은 잠을 깨웠다.

물론 서로 미워한 적도 있다. 몸이 자라면서 고집을 부릴 줄도 알게 된 코코는 털을 빗기거나 발톱을 자르거나 목욕을 시킬 때 종종 나와 동생을 물었다. 한번은 동생의 손을 위험하게 물었고 나는 침대 밑으로 숨은 코코를 끌어내 구석에 몰아넣고 신문지를 말아 바닥을 크게 때리며 매우 폭력적인 방식으로 한참 혼을 냈다. 끝내 코코가 떨면서 바닥에 오줌을 지렸고 한동안 내 곁에 오지 않았다. 나는 홀로 잠드는 침대에서 외로웠으나 괜한 자존심으로 코코가 얼씬도 못 하게 방문을 닫고 잤다.

자신의 개가 그 어떤 개보다 영특하다고 여기는 건 만국 공통 모든 반려인의 착각이겠지만, 코코는 가끔 감정의 냄새를 맡을 수 있는 것 같다. 여담이지만, 내 시집에 나오는 모든 개의 형상은 다 코코를 본떠 만들었다. 시를 쓰는 밤은 보통 위험한 우울을 건드리고 올 때가 많았는데, 그럴 때마다 코코는 방문을 여는 방법을 터득해서 혼자 열고 들어와 의자에 앉은 내 가랑이 사이로 머리를 들이밀고 나를 한참 동안 물끄러미 보았다. 그 눈빛은 평소와 다른 눈빛인데 과장해서 보탠다면, 나는 그 눈빛에 몇 번이고 구원을 경험한 적이 있다. 심연의 어둠 속에서도 나를 지켜보는 코코의 맑은 눈빛이 보이는 것이다. 어디 가지 말라고. 거기는 아슬아슬하다고.

집안의 사정으로 자의 반 타의 반 독립을 하게 된 나는 코코랑 떨어져 산 지 꽤 됐다. 이번 설에 본가에서 만난 코코는 인간이 되어가고 있었다. 사람 나이로 치면 할아버지에 가까운 코코는 새카맣던 주둥이가 하얗게 변했고 점프의 높이도 조금 낮아졌다. 그러나 여전히 나를 보면 구르고 뛰다가 헛구역질을 할 정도로 반기고 식구들과 의사소통을 할 정도로 보디랭귀지를 구사한다. 몇 번 물려 무섭다며 다른 데로 보내라던 엄마는 이제 코코의 밥그릇 앞에 쪼그려 앉아 아기에게 이유식을 먹이듯이 한 입 먹을 때마다 잘한다고 칭찬을 하고 있고, 털이 많이 빠진다고 구박을 일삼던 아빠는 동생의 엄격한 통제를 피해 새벽마다 레지스탕스처럼 몰래 간식을 훔쳐 코코의 비만을 돕고 있었다.

한번은 코코가 내게 '바깥을 보고 싶으니 창문을 열

어줄래?'라고 하는 몸짓과 눈빛을 보였는데, 단언컨대 나는 코코가 물음표까지 정확하게 눈빛으로 구사하는 것을 목격했다. 나는 거실 창문을 열고 코코와 쪼그려 앉아 한산한 골목을 오래 보았다. 봄 냄새가 났다.

그러나 나의 신이 내게 준 것 중 가장 큰 것은 애정이나 행복 같은 감정이 아니다. 나의 신은 내게 자신의 기다림을 주었다. 기다리고 있으니, 돌아오라. 자신의 생명이 끝나는 날까지 하염없이 현관을 바라보며 기다릴 것이니, 무슨 일이 있어도 돌아오라. 하나의 국가가 사회의 약자를 대하는 실력을 보려면 그 사회가 동물을 어떻게 대하는지 보면 된다는 말을 조금 더 축소한다면, 사람이 사람을 대하는 태도를 보려면 그가 그의 동물과 어떻게 살아가는지 보면 된다는 말이 될 것이다. 그러니 나는 나의 작고 기쁜 개에게 소명을 받았다. 누군가의 자식이자 친구이며, 누군가의 연인이자 원수이기 전에, 나는 돌아가는 사람이다. 나를 값도 없이 사랑해준 자들에게로 온통 상처로 채운 영혼을 끌고서라도 기어코 돌아가는 일. 그 일을 평생의 업적으로 남겨야 하는 그런 소명을 주기 위해, 개는 신을 대신해서 사람의 세상으로 온 것이다.

마지막
역할

병상에서 마주한 친조부는 기억 속의 모습이 아니었다. 부스러질 것 같은 피부. 골격의 모양대로 음각을 떠놓은 듯한 육체. 묘한 지린내. 물론, 내가 가진 기억이라고 해봤자 낡고 오래된 옆모습 따위였지만. 암이라고 했던가? 모르겠다. 거의 20년이 다 되도록 보지 않았으므로, 내게는 인연이라고 여길 만한 연결점이 없었다. 곧 돌아가실 것 같으니 장손인 네가 보러 가야 하지 않겠냐는 엄마의 조심스러운 말에도 별다른 감정의 동요가 들지 않았다. 내가 하고도 섬뜩한 생각이 스쳤다. 이 정도면 오래 사셨네. 사실 만큼 사셨네. 너무 오래 사셨네. 이제야 끝나겠네.

어수선한 공기에 잠을 설쳤다. 열 살이었다. 옆에서 잠든 동생의 숨소리를 듣자니, 동생은 쉽게 자고 있었다. 엄마가 울고 집을 나갔고 새벽까지 돌아오지 않았다. 아빠도 엄마와 싸운 직후 나갔다가 다시 들어온 모양이었다. 닫힌 방문 건너로 누군가와 통화를 하는 아빠의 목소리는 젖어 있었다. 들어서는 안 되는 내용인 것 같기도, 그러나 귀를 닫을 수 없는 내용인 것 같기도 했다. 고함보다는 절규에 가까운 아빠의 목소리. 그날 밤 처음 들었다.

잠에서 깬 척을 하며 거실로 나가니 집은 상흔이 가득했다. 넘어진 가구들. 깨진 접시. 부부 싸움의 풍경이란 아이에게는 언제나 두려운 것이어서, 자라는 동안 내 악몽의 풍경은 어질러진 집 안의 모습을 자주 했다. 화가 난 건지, 슬픈 건지, 고통스러운 건지 모를 아빠는 거실 창문을 열고 담배를 태우다 나를 발견했다. 붉은 눈으로 왜 일어났냐는 말에 차마 할 수 있는 대답이 없었다. 술 냄새가 내가 서 있는 곳까지 풍겨왔다. 이제 너도 다 컸으니 알아야 한다며, 주정인지 진심인지 모를 아빠의 말은 이렇게 요약되었다.

내 아버지는 젊은 나이에 실수로 나를 낳자마자 동네를 떠났고 어머니는 혼자 아이를 키울 자신이 없어 아버지 고향에 홀로 사시던 할머니에게 나를 놓고 갔다. 생활비는 아버지가 보냈지만, 얼굴 한 번 보지 못하고 사춘기를 지냈다. 고향 집에서 연탄을 갈다가 연탄집게에 한쪽 눈을 잃었다. 할머니 손을 떠나 상경해서 찾아간 아버지의 집에는 다른 여자가 있었다. 자수성가하셨고, 배가 다른 어린 동생이 둘이나 있었다. 자식이라고 말하고 다니지 말라서, 그렇게 했다. 그래도 아버지니까 시키는 대로 했다. 3개월 남짓 붙어살다가 도저히 못 견디고 친모를 찾아갔다. 어머니는 정색하며 나를 돌려보냈다. 다시는 찾아오지 말라고. 작은아버지랑 서울에서 살았다. 이런저런 일을 했으나, 번듯한 회사 같은 곳은 나를 들여보내주지 않았다. 다친 눈 때문이다. 억울했다. 지금도 억울하다. 그러다가 네 엄마를 만났다. 너를 낳았다.

취해서 잠든 아빠를 두고 방으로 돌아왔다. 아빠의 횡설수설은 열 살의 머리로는 이해가 잘 안 되었다. 그러나 단 하나의 말. 나는 다 컸다는 말. 나는 갑자기 다 커버려야 한다는 걸, 그때 알았다.

처음이자 마지막으로 친가에 갔던 설날은 지금 생각해도 기묘하고 또렷하다. 황갈색 대리석이 깔린 바닥과 천장에 매달린 커다란 크리스털 샹들리에. 복층으로 이루어진 그 집은 방이 많았고, 정원과 차고와 운동기구가 즐비한 지하실이 있었다. 우리 집이 세 채쯤은 통째로 들어

갈 만한 크기였다. 한 번도 본 적 없던 고모와 작은아버지가 있었고, 작은할머니와 작은할아버지, 삼촌이라고 부르라는 사람과 함께 아무튼, 처음 보는 대가족이 한꺼번에 등장했고 나는 주눅이 들었다.

드넓은 거실에 상을 여러 개 붙여 펴고 명절 예배를 드렸다. 친척들은 어린 내게 친절했으나, 친할아버지라는 사람은 유독 눈길 한 번을 마주치지 않았다. 넓고 고급스러운 집이 신기해서 뛰어놀던 나와 동생에게 화가 난 목소리로 뛰지 말고 방에 들어가서 나오지 말라는 말이 내가 기억하는 그의 유일한 음성이다. 성인이 되고서야 알게 된 사실이지만, 예쁘고 친절했던 고모와 작은아버지는 그때까지도 내 아빠를 다른 친척쯤으로, 서울에 사는 먼 사촌으로 알고 있었다고 한다. 아빠는 그들 앞에서 친할아버지를 아버지라고 부른 적이 없었다. 아니, 어떤 말과 표정도 짓지 않기로 작정한 돌처럼 있었다.

나는 그 집을 '계단 있는 집'이라고 불렀다. 이후, 계단 있는 집으로 다시는 가지 않았다. 엄마와 아빠는 종종 크게 싸웠고 이해가 어려웠지만, 아빠가 저지른 모든 잘못의 변명이 다 계단 있는 집을 향하고 있다는 건 알고 있었다. 그러나 나는 다 컸으니까, 그것을 이미 알고 있다고 말하지 않았다. 다 컸으니까. 동생과 다시 그 계단에서 뛰어놓고 싶었던 마음을 눌러 잠갔다. 나도 돌처럼 있기로 했다.

참회와 반성의 시간.

친조부의 울음은 생명이 육체에서 빠져나가며 내는 쉿소리 같았다. 울음이 늙은 육체 속에서 뻗지 못하고 서로 부딪혔다. 체액이 마른 몸은 눈동자 위로 간신히 눈물을 닮은 수분을 내밀었다. 그때까지도 나는 죽음의 형상이 이런 걸까, 생각했다. 비현실적이었다. 중환자실 병상을 둘러싸고 서 있던 친척들의 모습이 어릴 적 기억하던 모습에서 현재의 모습으로 느릿하게 수정되었다. 그들이 친조부를 따라 울었다. 나도 울어야 하는 걸까. 우는 척이라도 해야 하는 걸까. 웃음과 울음의 그 어디쯤에서 얼굴은 표정을 잃었다. 산소호흡기 속에서 입술이 가늘게 움직였다. 미안하다고. 네가 어떻게 생각할까 무서워서 너를 한 번도 찾지 못했다고. 내가 죄인이라고. 그의 손이 떨면서 내 팔목을 잡으려고 허공을 건너왔다.

사과는 내가 아니라, 당신이 버린 아들에게 하셔야죠. 끝까지 비겁하게 나를 가운데 세우지 마셔야죠.

돌을 생각했다. 석고상 같은 돌. 하고 싶은 말을 하지 않았다. 산 자가 아닌 죽을 자를 위한 이 시간 속에서, 칼이 되려는 혀를 감추느라 나는 애를 써야만 했다. 아빠는 나를 앞에 두고 멀찌감치 뒤에서 보고 있었다. 꼭 그 설날처럼, 아빠는 끝내 멀리 있었다. 나는 친조부의 손을 두 손으로 감싸 쥐었다. 그것이 내가 할 수 있는 마지막 역할이었다.

가족이란 건, 아무도 보지 않을 때 몰래 쓰레기통에 내다 버리고 싶은 거라고 어떤 영화감독이 말했었다. 아빠는 내게 늘 복합적인 존재였다. 수도 없이 미워했고, 끊임없이 불쌍했고, 그 누적된 시간의 크기만큼 용서했다. 자신의 슬픔을 삼키느라 모두를 슬프게 만들지 말아야 한다는 것도 아빠를 통해서 역으로 배웠다.

이제 내게 남은 역할은 어쩌면 포기하는 사람으로 살아가는 일일지 모른다고 생각한다. 나는 끝내 사람을 향해 분노하고, 미워하고, 슬퍼하는 일을 포기하기로 했다. 증오를 상속받은 자의 세상은 전부 끝나지 않는 계단으로 만들어져 결국, 함께 걸어주는 이의 다리를 꺾는다는 걸 이제는 알 것 같으므로. 비록 남길 것이 없다 하더라도, 증오를 유산으로 남기는 자로는 살고 싶지 않으므로.

2019년
12월 29일

어쩐지 오늘은 어딘가 동력 펌프 하나 툭 끊어진 것 같은 날. 필사적으로 택시를 잡는 취객이 하물며 목숨 거는 것 같아서, 오래 봤다. 에코백에 든 교정지를 나도 모르게 끌어안고 멍하니 섰다가 왔다. '목숨'이라는 단어는 사람이나 동물이 숨을 쉬며 살아 있는 힘이라고 사전에 적혀 있었다. 야근이었다.

영혼은 이제 전부 납작해진 것 같다.

마음도 촛불 같은 거라서, 불면 꺼지고 흘러서 굳겠지만. 그걸 켜야 보이고, 보여야 할 수 있는 일이 있겠다고, 생각했다. 혼자서는 될 수 없겠다. 그러나 포기와 인내는 옆모습이 참 닮았지. 요즘은 물어보는 사람도 없는데 늘 대답하는 마음이 된다. 대답할 말이 없으면, 도망치고 싶어진다. 오늘 메모에는 '연민 없이 긍휼하고 비겁하지 말자'라고 썼다. 잘 못하는 건, 잘못이 아니라고 말해주는 사람이 있었다.

이제 내가 할 수 있는 기쁨이 있을까.
내일은, 생일이다.

서로의 냄비를
끌고서

내게는 아무도 모르게 혼자만의 의례를 삶에 배치해 두는 취미가 있다. 가령 바닷가를 방문할 일이 생기면 모래 위에 발자국을 찍고, 바다가 날름거리며 발자국을 잡아먹는 일을 지켜봐야지만 그 바다에 다녀왔다고 스스로 인정한다거나, 어디서든 글을 쓰는 책상에는 읽지도 않을 책을 앉자마자 세 권 이상 늘어놓아야 하는 것 같은. 거리에서 낙엽을 한 장 훔치는 건 가을의 의례이고, 봄과 여름에도 계절을 맞이하는 혼자만의 의례가 있다. 습관이나 강박이라고 부르지 않고 의례라고 말하는 이유는, 무언가를 시작하거나 통과하기 위한 스타팅 자세 같은 것으로 여기고 있기 때문이다. 계속 반복하지 않으며 기존 의례를 폐기하고 새로운 의례를 만들 때도 있다.

이런 취미는 은밀하고 작지만 확실한 성취를 주는데, 정신 속 타임라인을 일반적인 흐름에서 벗어나게 하면서 나만의 리듬을 갖는 방법이기도 했다. 밤에만 뭔가를 쓰고 읽는 탓에 나는 자주 일반적인 생활 흐름에서 물러나 생활해야 할 때가 있었고, 과연 내가 잘 살고 있는 게 맞는지, 번민과 조바심에서 독립적인 자존감을 확보할 필요가 있었기 때문이다. 물론 이렇게 거창하게 말할 일이 아닌가 싶지만.

겨울을 맞이하는 나의 의례는 두 가지였다. 작은 눈사람을 만드는 일과 구세군 자선냄비에 돈을 넣는 일. 보통 눈사람을 만드는 일은 큰 눈이 올 때까지 기다려야 했고, 12월 초입부터 지하철 역사를 지날 때면 구세군 자선냄비는 쉽게 볼 수 있었다. 겨울에는 외투에 주머니가 많으므로 가방 없이 카드 하나와 신분증 하나 달랑 들고 다니는 걸 좋아하지만, 12월 초입 겨울이 시작했다는 느낌이 오면 만 원 한 장을 함께 챙겼다. 이건, 오만한 자기만족이다. 나는 연말을 맞아 누군가를 돕겠다는 선의가 아닌 올해도 누군가를 도울 수 있는 위치와 여유가 있다는 만족감을 구입하기 위해 자선냄비 앞에 섰다. 고작 만 원으로. 냄비에 지폐를 넣고서는 만족감을 최대한 감추는 표정을 하고 지나갔다. 나는 나의 위선을 외면하면서 자존감 충족을 위해 그렇게 했다.

그러다 이 '냄비'라는 사물을 따끔하게 자각한 일이 있었다. 구세군 자선냄비는 1891년 미국 샌프란시스코에서 한 구세군 사관이 성탄을 맞아 도시 빈민들을 위해 '이

솥을 끓게 합시다'라고 써 붙인 냄비로 모금 활동을 시작한 데에서 유래하여 지금도 냄비처럼 생긴 외형을 유지하고 있는데, 한 번도 인지하지 못한 이 '냄비' 때문에 나는 후회와 패배를 겪었다.

12월. 영화 〈가버나움〉 이야기를 잠깐, 해야만 할 것 같다.

"부모님을 고소하고 싶어요."

출생신고도 되지 않은 열두 살 레바논 소년 '자인'은 자신의 한 살 아래 여동생과 강제로 조혼한 뒤 여동생을 3개월 만에 임신시켜 죽음에 이르게 한 남자의 다리를 칼로 찌른 혐의로 수감된다. 그러다 감방의 공용 텔레비전에서 방영하는 아동학대를 주제로 하는 공개방송에 전화를 걸어 부모님을 고소하고 싶다고 인터뷰한다. 이는 레바논 사회에 반향을 일으키고, 결국 공식 재판이 열리게 된다. 자신의 부모와 함께 선 재판에서 재판장은 자인에게 왜 부모를 고소하고 싶냐고 묻는다. 자인은 대답한다.

"나를 태어나게 해서요."

국내 관객 수 14만 명을 기록했으므로, 줄거리를 전부 소개하는 건 큰 의미가 없겠다. 레바논 출신 나딘 라바키 감독의 이 영화는 어디까지나 픽션이다. 예수께서 사역하여 신의 치유와 복음을 전했지만 끝내 회개하지 않아 화를 받았다고 성경에 기록된 지역, 기독교 성지로 여겨지는 지금의 레바논 갈릴리 호수 근처 지역인 '가버나움'을 배경과 제목으로 차용한 데에서 드러나는 상징성. 참혹한 내전과 그로 발생한 난민 문제와 민족 관습, 부모의 무지로 인한 조혼을 비롯해 수많은 폭력으로 희생당하는 여성과 아이들에 관한 인권의식. 전문 배우가 아니라 현장에서 실제 난민과 불법체류자들을 섭외하고 배역을 맡겨 마치 통째로 다큐멘터리를 보는 착각이 들지만, 이 영화는 분명한 목표를 위해 허구를 구축하고 드라마와 음악을 설치해두는 영화 연출 문법을 충실하게 구현하고 있다. 영화는 영화다.

그러니까, 영화가 의도한 문제의식을 여기서 설파하고 싶은 것이 아니다. 다만, 며칠 잠을 설치며 나를 울게 했던 장면이 있었다. 극 중에서 자인은 여동생을 팔아버린 부모에게 증오를 느끼고 가출하여 떠돌다가 불법체류자 '라힐'과 그의 갓난아이 '요나스'를 만난다. 라힐은 일을 하면서 주기적으로 수유를 해야 하므로, 여자 화장실 한 칸에 아이를 숨겨두고 허름한 유원지 식당 청소를 하다가 떠도는 자인을 거두게 된다. 라할은 빈민촌에 있는 자신의 컨테이너에서 자인에게 요나스를 맡기고 새로운

체류허가증을 위조하기 위해 시장에 갔다가 경찰 검문에 걸려 체포된다. 며칠을 돌아오지 않는 라힐. 옆집 아이가 먹던 젖병의 모유를 훔치고 얼음에 설탕을 뿌려 먹으면서 요나스와 허기를 달래던 자인은 훔친 스케이트보드에 큰 냄비를 붙이고 노끈을 묶어 거기에 요나스를 태워 끌고 다니며 라힐을 찾아 나선다.

나는 그 냄비 앞에서 처참하게 무너졌다. 현장에서 섭외한 난민 소년이 너무나 실제로 느껴지는 연기를 했기 때문이었을까. 아니, 그가 난민이어서가 아니다. 어른과 세계가 거리에 내다 버린 삶과 삶보다 무거운 증오를 매달고도 차마 자신의 세상처럼 자신에게 맡겨진 가난한 생명을 버리지 못하는 아이의 슬픈 순수 때문도 아니다. 나는 음식이 담겨 있고 그 음식을 나누기 위해 국자가 부지런히 오고 가야 할 냄비에 아이가 담겨 있음이 견딜 수 없었다. 냄비에 담겨서 잠이 든 아이의 얼굴과 잠든 아이를 어른들의 정강이를 피해가며 조심스럽게 끌고 다니는 아이의 얇은 팔뚝을 참을 수 없었다. 감독의 잔인한 연출이었다면 비판을 감추지 않고 싶었다. 창작자에게 불행을 본떠 모형으로 만드는 일은 가장 섬세하고 조심스럽게 다루어야 할 칼이니까. 영화가 개봉한 당시는 한창 시리아 난민 문제가 세계의 화두였고, 나는 구글링 몇 번으로 그

땅에 실제로 존재하는 자인의 냄비를 여러 번 목격할 수 있었다. 이 세상 어딘가에 분명하게 실존하는 일이라면. 그것을 단지 재현하여 보여주었다는 이유만으로 감독을 비판할 수는 없었다.

장르 불문하고 창작자가 견지해야 할 자세 중 하나는 어떤 작품이든 충분히 감동하고 공감하되 재빨리 빠져나오는 것이다. 그럴 자신이 없다면 애초에 감동과 공감의 영역으로 발을 들이지 않는 편이 좋다. 하늘 아래 새로운 것이 없다는 말은 부정할 수 없는 사실처럼 여겨지지만, 그럼에도 창작자에게는 자신만의 고유성을 위해 후퇴할 수 없는 싸움의 장소가 있는 것이다. 그러나 나는 그 겨울, 라면을 끓이는 냄비 앞에서도 종종 울었다. 하필이면, 냄비였다.

이 글을 적는 지금, 지면을 빌려 연말을 맞아 기부하자거나 이웃 돕기를 실천하자는 공익 캠페인을 벌이고자 함은 아니다. 인간이 인간에게 모든 선의를 잃는 세계. 나는 그것이 실제로 도래할까 몹시 두렵다. 그것에 빚지고 살아남은 일이 내게도 있다. 우리는 애정과 평화가 아닌 분노와 절망으로도 사슬을 엮어 무한한 수갑을 만들 수 있으므로, 어쩌면 냉소로 읽을 누군가가 있을지 모르겠지만, 이 고루한 두려움을 꺼내 말해보는 이유는 내가 새롭게 세운 겨울의 의례이기 때문이다. 사람의 선의를 믿어보는 것. 믿어보자고 말하는 것. 나는 그렇게 허름한 주머니에 손을 찔러 넣듯, 12월을 통과하고 있다.

얼마 전 낭독회에서 만난 동료 시인이 이런 말을 했다. 본인이 생각하는 자유란, 내가 사랑하는 것에 구속된 상태라고. 사람은 자유에 지속적으로 머물 수 없으므로, 자유는 사람이 정말 사랑할 수 있는 것이 아니라고. 집에 육체를 구속해두는 일이 최선의 선의로 여겨지는 요즘, 나는 그의 말을 곱씹는다. 그가 말한 바는 마음의 일일 것이다. 그렇다면 나의 마음은 어디에 담겨 있을까. 전부 망가진 것만 같은 올해를 지나고 각자의 냄비를 끌고 도착한 곳에서 뚜껑을 열었을 때, 그 속에는 과연 무엇이 들어 있을까. 과연, 무엇이어야 할까.

그 겨울의
해프닝

처음으로 물이 얼어붙는 모습을 지켜본 적이 있다. 지난밤 내렸던 빗물이 넓게 고인 그 골목의 웅덩이에서. 초겨울의 발사국처럼, 잔잔하고 매끄럽던 수면에 가로등 불빛이 작은 알갱이가 되어 떠다녔다. 물이 어는구나. 나는 불이 꺼진 어느 집 대문 앞에 쭈그려 앉아 오래 있었다. 웅덩이에도 겨울이 걸어가는지 자꾸 가려웠다. 지금 돌아보면 너무 무겁고 수없이 많아서 아무리 생각해내도 좋은 결론으로 끝나지 않을 것 같은 고민이었는데, 막상 이제는 그날의 방황이 구체적으로 기억나지 않는다. 첫얼음이 얼었다는 기사를 볼 때마다 문득 숨고 싶어지는 것도 그 어린 날의 부끄러운 치기 때문이다. 열두 살 즈음이던가, 아무튼 초등학교 겨울방학이 막 시작한 무렵. 시작은 비장했으나 아무도 모르게 소박한 최후를 맞았던 인생 최초의 가출이었다.

타고난 성향의 탓이었는지 아니면 세기말이라는 분위기가 주었던 어딘지 모를 혼란과 두려움 때문이었는지.

어찌 되었든 간에 나는 그때 유서를 연습하고 있었다. 탁하고 깜깜해진 기억을 들여다보면, 당대의 분위기는 Y2K로 인한 사회적 혼란이나 세계 종말에 대한 허무맹랑한 음모론 같은 이야기들이 만연했다. 지금처럼 인터넷으로 수많은 정보를 찾아볼 수 있었던 때도 아니고 어린 내게는 텔레비전 뉴스와 친구나 어른들에게 주워듣는 세상의 일들이 의심할 수 없는 진실이었으므로, 연도 표기의 네 자리 숫자 중에 가장 앞 숫자가 바뀌는 날이 오는 순간 낙관하기 힘든 미래와 함께 나 역시도 이전처럼 살 수 없으리라는 불안을 크게 느꼈던 것 같다.

그때 보았던 어느 드라마의 주인공이 가족에게 유서를 쓰고 사라졌고, 못되게 굴었던 가족들이 울부짖으며 사라진 주인공을 찾으려 깊게 반성하는 모습이 왜 하필이면 인상 깊었던 걸까. 하여간 지금 생각하면 그 시절은 모든 게 이상하리만큼 극단적으로 느껴진다. 당시 가요들의 가사만 봐도 그렇다. 하늘이 널 데려가거나, 비라도 내리면 구름 뒤에 숨어서 네가 울고 있는 건 아닌지 걱정하거나⋯ 왜 그 시절 사람들의 사랑했던 연인들은 그렇게 다 세상을 떠나갔는지. 특히 내가 좋아했던 가요는 가수 야다의 〈진혼〉이라는 곡이었는데, "그대를 따라서 이 세상 떠나가려 해. 오 우리 사랑 영혼까지 함께 해" 같은 무서운 가사가 있다.

아마도 생명이라는 상태가 가장 본질적으로 상상할
수 있는 극단이 죽음이기 때문이지 않을까. 생명을 '있음'
이라는 관점에서 생각하면 죽음은 있음의 '없음'이 된다.
생과 사를 동양철학에서는 공존과 순환이라는 개념으로
도 이야기하고 이것은 지극히 자연스러우며, 자연스럽다
는 것은 인간과 세상에 선하고 좋은 일이라고도 이야기하
는데 아무튼, 있었던 것이 없어지는 일은 그것을 소유하
고 있던 주체들의 가장 큰 상실이 되고 상실은 슬픔의 가
장 그럴싸한 알리바이가 된다. 슬픔을 생활에 악영향을
주는 부정적인 측면으로만 받아들이고 시급히 극복해야
할 문제점 같은 것으로 생각하지만 않는다면, 슬픔이야
말로 어떤 현상과 존재를 두고 가장 깊게 침잠하여 사유
할 수 있는 감정적 계기라고도 말할 수 있을 것이다. 인간
의 욕망은 늘 가지지 못한 쪽을 향해 작동하면서 구멍 난
주머니처럼 끊임없이 비어버리니까.

수많은 예술가들의 우울과 비참함을 빗대어 예술가
들의 축제에는 폭죽에서도 울음소리가 난다고 우스갯소
리를 하는 데에는 모종의 진실이 숨어 있다. 세기말 인류
가 지난 세기를 반성하고 새롭게 오는 미래를 기대하거나
두려워하면서 느꼈던 주된 감정이 아무래도 상실감이었

던 건 그런 면에서 타당하게 여겨지고, 그 시절 여러 장르의 문화 환경에서 지금까지 거론될 만큼 농도 짙은 수작들이 배출되었던 이유도 이해가 된다.

그러나 어린 나의 유서는 사실상 유서는 되지 못하고 엄마와 아빠를 향한 투서에 가까웠다. 어렴풋이 기억하기로는 거의 스케치북 한 권 분량을 뜯어내고 겨우 한 장을 완성했는데, 효과적인 투정을 위해 빨간색 색연필로 적었던 기억이 있다. 그것도 아주 큼지막한 글씨로 날짜까지 적어서. 나름 고뇌하며 짧은 생을 회고하고 펑펑 울기도 하면서 꽤 진지했던 것으로 기억한다. 내용이 정확하게 기억나지는 않지만 대충 이제 나는 죽으러 가겠다, 엄마와 아빠의 잘못이다, 빌려 온 만화책은 책방 아저씨한테 전화 오면 돌려줘라, 찾지 마라, 같은 내용을 적었던 것 같다.

어렸던 내가 잘 알지 못하는 이유로 아빠는 거의 집에 오지 않거나 집에 오는 날이면 엄마와 싸웠고, 밤이면 안방에서 들리는 고성이나 물건들이 깨지는 소리에 심장이 눈꺼풀에 달린 것처럼 콩닥거리는 두 눈을 이불로 가리고 필사적으로 자는 척을 하던 날들이었다. 아침이면 깨진 유리 조각을 말없이 쓸어 담고 있는 엄마의 모습이 처음에는 무서웠고, 슬펐고, 나중에는 화가 났다. 지금까지도 노동하는 엄마는 그때도 마찬가지로 아침에 나가서 저녁이 되어서야 집으로 왔다. 오후의 빈집에서 동생과 둘이서 군대 다녀온 사촌 형이 가르쳐준 '뽀글이'(봉지라면에 그대로 뜨거운 물을 부어 먹는 군대 간식)를 끓여 먹으려다가 엎지르는 바람에 부엌을 난장판으로 만든 날, 엄마는 동생을 화상의 위험에 빠뜨린 나를 격하게 질책했고 여러모로 최선은 내가 스스로 목숨을 인질로 잡는 편이 아닐까 하는 어리석은 생각에 도달한 것이 계기였다. 부모가 없는 부재의 시간을 그래도 동생과 함께 씩씩하게 견디려던 마음이 일순간에 무시당했다고 여겨졌다. 사실 뽀글이는 동생이 먹고 싶다고 한 건데. 나는 가족과 세상을 향한 고통과 증오에 진지하고 엄숙했다.

다음 날, 엄마가 출근한 후에 완성된 유서를 책상 위에 아주 잘 보이게 올려놓고 나는 가출했다. 이제 죽으러 가야 한다는 현실에 서러움이 복받쳤고 어디로 가야 할지 모르겠는 막막함에 오열했다. 모으던 용돈을 다 털어서 그동안 한 번도 1등이 나오지 않던 문방구 호박엿 뽑기에 올인했다. 그런데도 1등이 나오지 않았고, 세상이 나를 정말 버렸다는 확증을 그 문방구에서 실감했다. 더러운 세상. 나는 겉옷 주머니에 5등짜리 작은 호박엿을 가득 쑤셔 넣은 채로 이 죽음에 기필코 성공해서 가족과 세상

에 복수하리라 다짐했다. 그런데 어떻게 해야 하지? 당시
에는 아파트들에 현관 출입 장치 같은 것이 없었으므로,
아파트 옥상에 먼저 올랐다. 아찔했다. 고소공포증 때문
에 포기. 도로에 뛰어들까? 그러다 어설프게 살아나면 끔
찍하다. 포기. 독약이 가장 깔끔하고 고통스럽지 않은 방
법일 텐데. 살충제를 생각하고 꽃집 앞을 어슬렁거렸으나
뽑기에 돈을 전부 털어 넣었으므로, 포기. 어느덧 겨울 해
가 넘어가고 있었고 종일 돌아다닌 나는 지쳐서 어느 집
대문 앞에 앉아 호박엿을 까먹으며 물웅덩이만 보고 있
었다.

　늘 그렇듯이 삶은 드라마처럼 되는 게 아니다. 그 주
인공은 목숨을 끊으려는 찰나 가족에게 발견되고 마음을
돌린다. 서로를 향한 반성과 위로와 고백이 교차하고 주
인공의 삶은 간신히 화목에 도달한다. 그러나 나는 아직
누구에게도 발견되지 않았다. 나를 찾고는 있는 걸까? 초
등학생이 외박을 하기란 쉬운 일이 아니다. 시간을 확인할
방법이 없어 꽤 깊은 밤이 되었다고 생각했고 지금 집에
가면 무심하고 바쁜 엄마가 자고 있을지도 모른다는 생
각이 들었다. 아니면 혹시나 나의 유서를 보고 엄마와 아
빠가 눈물을 흘리며 밖을 돌아다니고 있을지도. 날이 너
무 추웠고 배가 고팠다. 당시 집은 지상 주택이었고 창문

으로 분위기를 염탐할 생각에 돌아가던 차에, 집 앞에서 퇴근하던 엄마와 마주쳤다. 겨울의 낮은 짧았고 생각보다 시간이 많이 흐르지 않았던 것이다. 결국 엄마는 내 유서를 발견도 못 한 셈이다. 추운데 왜 나와 있냐고 밥 먹게 들어가자는 말에 나는 자연스럽게 집 안으로 들어갔다. 문제는 동생이었다. 내가 말도 없이 나가버리자 궁금했던 동생은 기어코 내 책상 위의 유서를 발견했고 혼자 가슴을 졸이고 있었던 것이다. 동생은 내가 감행했던 범행을 엄마에게 모조리 고발했고, 엄마는 이 어이없는 협박범과 대화할 가치도 느끼지 못했다. 김치찌개를 한가득 끓여 놓은 밥상에서 그래, 너도 죽고 나도 죽자, 한마디로 훈방 처분을 받은 나는 그날 밤에 조용히 유서를 찢어 버렸다.

그 어떤 문제라도 시간이 약이라는 말과 세월이 해결해준다는 말을 가장 싫어한다. 어떤 불행은 돌덩이를 쪼개는 식물의 뿌리처럼 시간을 따라 천천히, 그렇지만 분명하게 사람의 마음을 쪼갠다. 불행 앞에 시간과 세월을 처방으로 들이미는 말은 타인의 고통을 자신의 관심에서 치워버리려는 의도를 포장하기도 하니까. 그러나 유년의 두렵고 절박했던 어느 겨울을 피식 웃으며 말할 수 있게 된 지금은 조금 믿기도 한다. 이 모든 일이 해프닝이었음을. 앞으로 겪을 모든 삶이 어느 날에선가 전부 해프닝

127

이었다고 말하게 될지도 모르겠다. 그때의 누군가에게 만약 웃으면서 이야기할 수 있다면, 우리의 식탁에는 촛불한 자루와 얼음이 녹고 있는 아이스커피가 놓여 있을 것이다. 체온은 얼음을 녹이는 법이다. 허망하고 안타까운죽음이 도처에서 보이는 요즘, 나는 당신이 오래 해온 결심을 번복할 수 있는 용기 없고 우유부단한 사람이기를바란다. 그래도 괜찮다. 그게 훨씬 괜찮다.

연애편지[*]
—은지에게

두루미[**]야. 너의 지갑이 바다에서 돌아왔을 때, 얼굴 보고 고백할 용기가 없어 주고 도망간 내 편지가 코팅되어 들어 있었다는 걸 알았을 때, 나는 그게 네가 나한테 다시 보낸 답장이라고 믿었어. 나와 같은 말로, 같은 글씨로, 같은 종이에 적힌 편지. 다 젖어도 젖지 않고 돌아온 편지. 내가 그렇게 믿어도 될까?

거기서도 너는 나와 같은 말을 사용할까? 어쩌면 말이라는 게 필요 없어서 이렇게 적지 않아도 이곳에 남은 사람들의 마음 같은 건 이미 다 알고 있을지도 모르겠지만, 나는 네가 쓰는 말을 모르잖아. 그러니까 읽을 수 있으면 좋겠다. 그럴 수 있었으면, 좋겠다.

나 말하지 못했던 게 있어. 애들이 놀릴까 봐 비밀로 만나다가 사귄다고 학교에 소문나서 네가 소문낸 애 찾고

---

[*]　이 글은 2016년 5월 28일 열렸던 304낭독회에 참여하기 위해 가상 편지 형식으로 쓰였습니다.

[**]　단원고 2학년 3반 한은지의 별명이었습니다.

다녔잖아. 나중엔 애들도 다 동원해서. 사실은 그거 나야. 내가 그랬어. 2학년 어떤 놈이 페이스북 익명게시판에 축제 때 너보고 예쁘다고 반했다고 글 올렸잖아. 네가 인기 많다고 자랑해서 화가 나서 그랬어. 애들이 놀리는 거 나는 솔직히 기분 좋았는데 네가 갑자기 울면서 가버리는 바람에 아직까지도 나 아닌 척하고 있었어. 미안해. 아니, 솔직히 안 미안해.

그날, 네 사진 앞에서 너무 많이 울었어. 앞에서 못 들어가고 있는데 어머님이 나와서 내 손을 잡고 우리 딸 남자 친구냐고, 보고 싶었다고 우시는데도 아무 말도 못 했어. 나랑 밤새 통화하다가 들켜서 혼났다고 그래서 사실 너희 부모님 무서웠었거든. 근데 날 잡고 한참 우셨어. 너무 많이 우셨어. TOP[*] 애들도 선생님들도 날 보더니 더 많이 울어서, 그때서야 알았어. 너 없구나. 진짜 없어졌구나. 집에 돌아가니까 우리 엄마 아빠도 내 얼굴 보고 울더라. 내가 있으면 사람들이 자꾸 울게 되는 거 같아서 한동안 방에만 있었어. 너희 어머님은 가끔 내게 전화도 하시고 문자도 하셔. 아직도 사실 어렵긴 한데 그래도 이젠 어머님이랑 이런저런 이야기 많이 하고 그래. 대학 들어갔다

* 은지가 하던 학교 봉사 동아리 이름입니다.

고 용돈도 주셨어. 어른이 주는 돈 안 받는 건 예의가 아니라고 하셔서 받았는데 아직 어떻게 쓸지 몰라서 가지고 있어.

두루미야. 내가 너한테 무섭다고 말하면 정말 많이 무서웠던 너한테 내가 너무한 걸까? 나는 아직 가끔 잠을 못 자. 그 이후로 어른들은 울거나 싸우거나 하고 친구들은 노래를 흥얼거리다가도 서로 눈치를 보고는 했어. 나는 그 모든 게 무서웠는데, 그래도 너보다 무섭진 않은 거라고 생각했어. 우는 어른들은 우리를 쓰다듬고 아름답다고 했어. 항상 우리보다 자신들이 더 잘못했다고, 허둥대고, 쓰러지고, 그러면서 우리를 보면 그러지 않은 척했어. 그러면 안 된다고 생각하는 것 같았어. 아무것도 잘한 게 없는데 자꾸 고맙고 미안하다고 해서 오히려 우리가 뭔가 잘못한 거 같은데 뭘 잘못했는지 모르고 있는 것만 같았어. 싸우는 어른들은 자꾸 진실을 찾았어. 무언가 감춰져 있다고, 세상이 망가져 있다고, 누가 잘못했기 때문에 이런 일이 벌어진 거라고, 고치기 위해서 너랑 바다에 있던 친구들의 이름을 쥐고 놓지 않았어. 글도 쓰고 그림도 그리고 노래도 부르고 영화도 만드는 사람들이 아직도 참 많이 있어. 나도 친구들과 추모제에 갔던 적이 있어. 앞에 있다가, 구석으로 갔다가, 끝나기 전에 집으로 왔어.

너를 위해 우는 사람들, 아파하는 사람들, 화내는 사람들을 보면 내가 아는 넌 분명히 죄인처럼 더 아플 거란 걸 알았어. 그게 싫고 무서워서 보기 싫었어. 힘들게 싸우는 어른들 손의 네 이름이 혹시 무기 같은 걸까 봐 그게 싫고 무서워서 있기 싫었어. 그리고 그런 내가 너무 어리고 겁쟁이가 아닐까, 나는 모르겠는 진실을 다른 사람들만 알고 있는 걸까 봐, 진실이라는 게 밝혀지면 끝나버리는, 네가 시작과 끝이 있는 일의 한 종류일까 봐. 두루미야, 그게 아직도 무서워 나는.

　　우리 사귀고 지낸 날보다 네가 사라진 날이 더 길어져서 나는 이제 담배랑 술도 살 수 있어. 운전면허도 딸 수 있어. 포장마차에서 소주도 마시고 1박 2일로 여행도 가고 숨지 않고 키스도 할 수 있어. 키스 이상도 할 수 있을 거야. 근데 내 기억 속의 너는 요양원에 봉사 가서 큰솥 앞에 쭈그려 앉아 쌀을 씻고 할머니 발을 닦아드리다 울고 게임하고 있으면 전화 와서 구박을 하고 처음으로 뽀뽀하고 다음 날까지 피해 다니다 싸우고 풀고 수업 시간에 나랑 카톡으로 끝말잇기 하다가 휴대폰 뺏기고 동아리 친구들이랑 수학여행 가서 할 장기자랑 연습한 거 나한테 봐달라고 빈 교실에서 춤을 추고 있어서, 내가 이제 할 수 있는 일을 너랑 같이 하는 모습이 잘 상상이 안 돼. 이걸 이별이라고 생각하면 되는 걸까. 너랑 있던 날들을 뭐라고 말할 수 있는지도 모르겠는데 이별은 정말 이렇게 확실한 걸까. 아니면 내가 살고 살아서 다른 사람과 결혼도 하고 딸을 낳는다면, 그래서 딸이 네 나이쯤 됐을 때 문득 생각나서 잠든 아내 몰래 베란다에 나가서 잠시 서글펐다가 아침이 되면 악몽 꿨다고 거짓말하고, 너 부르고 놀리던 별명이 기억 안 나는데도 안 슬퍼지면, 이별한 줄도 모르게 되면, 그제야 이별인 걸까. 그러면 이별할 수 없는 사람들은 어떻게 해야 하는 걸까.

　은지야. 우리는 아무도 잘못하지 않았어. 아무것도 잘못하지 않았어. 기억하는 사람도, 잊어버린 사람도, 외면하는 사람도, 모이거나 모이지 않은 사람도, 말하는 사람도, 말하지 않는 사람도, 아무도, 아무것도 잘못하지 않았어. 그러니까 우리 한때 같이 있었다는 생각만 하자. 이 정도면 나랑 너랑 사랑이란 거 해봤다고 생각하자. 그러니까 나는 아직 너의 남자 친구라고, 생각하자.

　올해 8월에도 너의 생일이 오면 나는 또 도망치고 싶을까. 차라리 너를 모르게 되었으면 하고 또 생각하게 될까. 그러면 너는 또 꿈에서 나한테 지갑을 건네주고 웃고 있을까. 그러면 미안하다고, 미안하다고, 또 빌어도 될까.

2년 만에 다시, 편지를 보냅니다.

2016년 5월 28일

은지의 영정 앞에서 울고 돌아갔다던

소년의 마음과 입을 감히 빌려서.

우리는 모두 한번쯤
상계동에 살았겠지요

현재 노원의 랜드 마크인 롯데백화점은 2002년 당시에 '미도파 백화점'이었다. 지하철 4호선과 7호선이 교차하는 노원역은 물론이고, 차량이 동부간선도로로 빠져나가는 데에도 길이 순하고 넓었고, 그 주변으로 서울 중심부에나 있을 법한 식당과 가게들이 몰려 있었으므로 노원은 자연스럽게 북부 지역의 문화적 요충지로서 번화했다. 초행하는 이에게도 넓고 큰 사거리에 놓인 백화점을 찾으라고 하면 헤맬 필요가 없었다. 백화점 정문 앞에는 지금에야 적당하게 느껴지는 널찍한 광장이 있는데, 당시 미도파 백화점 광장은 우정과 사랑이 시작하고 또 끝나기도 하는 낭만적인 장소였다. (미도파 백화점의 로고가 비둘기 날개를 형상화했다는 소문이 돌아서 또래들은 비둘기 광장이라고도 불렀다. 그 때문인지 비둘기가 너무 많아서 백화점에서 비둘기에게 먹이를 주지 말라는 내용의 걸개를 내걸기도 했다.) 열네 살이었던 내게 미도파 백화점은 빈곤한 주머니 사정으로도 한여름 더위를 피하며 예쁜 옷과 깔끔한 푸드 코트에서 소소한 먹거리를 탐할 수 있던 동화 속 궁전 같은 곳이었다. 어쩌다 소중한 친구와 시간을 보낼 때면 우리는 꼭 미도파에 갔다. 그 시절 청소년들의 풋풋한 연애는 미도파에 함께 가자는 말로 시작되곤 했다.

2002년 미도파 백화점은 아마 노원구에 사는 모든 구민들에게 잊힐 수 없는 장소일 것이다. 한일 월드컵의 열기는 나라 전체를 뒤흔들 만큼 대단했고, 당연하게도 사람들은 가장 많이 모일 수 있는 장소를 찾아 모여들었다. 당시 교복 대신 입어도 누구도 말리지 않았던 'Be The Reds!' 티셔츠를 주워 입고 나 역시 친구와 함께 광장으로 갔다. 그때의 풍경은 여전히 잊을 수 없다. 그렇게 수많은 사람들이 같은 색깔의 옷을 입고 같은 함성과 탄식을 지르며 같은 눈물을 흘렸다. 미도파 백화점은 그해에 회사가 부도 정리를 하여 롯데 계열로 인수될 예정이었지만, 지역 주민에게 선사하는 마지막 선물처럼 큰 전광판을 설치하고 광장을 개방했다. 포르투갈전이었던 것으로 기억하는데, 본선 진출이 걸린 경기 후반부에 박지성의 골이 터졌고 그 일대는 인종과 국적, 아마 부모의 원수와 함께했더라도 상관없이, 모두가 껴안고 기쁨을 누렸다. 인근의 식당들은 무료로 음식을 퍼 날랐고, 전광판이 멀어 화면이 잘 보이지 않는 사람들을 위해 가게들은 영업을 접은 채 큰 텔레비전을 설치했다. 그날은 늦은 밤까지 사람들이 거리에서 놀았고, 난생처음 남녀노소의 모든 경계를 허물어뜨린 환희의 붉은색으로 노원역 일대가 물들었다. 그런 일생일대의 축제를 경험해본 세대라는 점이 그 시절 모두에게는 아주 오래도록 자랑거리였다.

나는 초등학교부터 대학을 졸업할 때까지 상계동에 살았다. 상계초등학교를 졸업하고 온곡중학교를 거쳐 재현고등학교에 진학했다. 집은 몇 번이고 이사했지만, 동네와 옆 동네를 오가는 수준이었다. 상계초등학교 앞에는 지금은 그 흔적이 다 사라졌지만, '럭키마트'라고 이름 붙인 작은 슈퍼가 있었다. 당시 푸근한 인상의 주인아저씨가 계셨던 것으로 기억하는데, 아이들 사이에서 럭키마트의 아저씨는 유명한 인기쟁이였다. 우리에게 그 어디서도 볼 수 없었던 신형 달고나 기계라는 신문물을 처음 도입해준 분이었기 때문이다. 동네의 다른 문방구나 슈퍼에서는 달고나를 만들기 위해서 부탄가스를 사용하는 버너를 썼는데, 어린 초등학생에게는 자칫 위험할 수 있으므로 부모님에게 걸리면 크게 혼이 나는 상황이었다. 그때 바로 럭키마트가 구세주처럼 등장한 것이다. 초등학생의 가슴 정도 오는 높이의 자판기처럼 생긴 그 기계는 상판에 딱 국자 크기의 열선 화구가 두 개 있었고, 100원을 넣으면 소량의 설탕이 국자에 자동으로 쏟아져 나오고 화구에 열이 들어왔다. 국자를 올려 설탕이 다 녹을 때쯤이면 닫혀 있던 베이킹 소다 통의 뚜껑이 열렸는데 나무젓가락으로 베이킹 소다를 콕 찍어 휘저은 다음 화구 옆 철제 판에 쏟아서 모양 틀로 찍어내는 순서였다. 심지어 완성된 달고나를 떼어내다가 부서지지 않도록 주인아저씨가 수시로 밀가루를 살살 뿌려두는, 초등학생들의 완벽한 천국이었다.

중학교에 들어선 뒤 나의 놀이터는 중랑천이었다. 당시 집에서는 꽤 걸어가야 했지만, 지금은 문화의 거리로 꾸며진 노원역 일대를 구경하면서 노원구청 쪽으로 걷다 보면 풀 냄새와 물 냄새가 진해지는 천변이 나왔다. 아주 멀리까지 걸어갈 수는 없었고, 공릉동을 지나 월릉교를 찍고 돌아오는 것이 내가 사랑하던 산책 코스였다. 그렇게 왕복하면 빠른 걸음으로 2시간 정도였는데, 중간 지점인 녹천교 근처에 무서운 고등학생 형들이 몰려 있는 날에는 슬며시 돌아서 재빠르게 도망갔다. 봄에는 물가 근처로 벚꽃과 개나리와 목련과 진달래가 폈고 여름에는 매미가 잔뜩 울었다. 가을에는 듬성듬성 갈대나 억새가 보였고 겨울에는 산책로 주변으로 사람들이 만들어놓은 크고 작은 눈사람들이 장식물처럼 놓여 있었다. 학교 수업이 끝나고 집에 가방을 벗어놓은 채 어울리는 친구들과 중랑천에서 만났다. 친구 하나가 우리의 산책 코스 중간 지점에서 최신 컴퓨터를 들여놓은 피시방을 발견했고 중랑천은 오락을 향한 위대한 여정에 놓인 잘 꾸며진 모험로였다. 나는 당시만 해도 순진했던 터라 이성을 사귀고 싶다는 생각은 해본 적이 없었지만, 연애를 일찍 깨우친 친구들은 애인과 손을 잡고 중랑천을 걷다가 다른 친구에게 걸려 다음 날 전교생의 입에 오르내렸다. 스마트폰이 없던 시절이고 휴대폰이라고는 전교에서 얼마 가지고 있지 않았던 그때도 누구의 애인인 재가 다른 개랑 손잡고 중랑천에 있더라, 하는 식의 분란이 있었다. 논란의 당사자들은 선생님들에게 걸릴까 봐 학교 근처에서는 못하고, 꼭 중랑천 어느 다리 밑으로 나와, 하고는 그 밑에서 주먹다짐을 벌였다.

중학교를 졸업할 때쯤부터 학교가 끝나면 중랑천이 아니라 중계동 은행사거리로 향하는 친구들이 많아졌다. 당시 '강북의 강남'이라는 모토로 은행사거리에 대형 입시 학원들이 몰려들었고, 학교 하굣길 정문 앞에는 노란색 버스가 끝없이 줄지어 서서 학생들을 태워 날랐다. 은행사거리에 있는 학원에 다니는 친구들은 아주 부자는 아니지만 일대에서 물질적 부족함이 없는 집안의 친구들이었고, 대학 입시에 대한 위기감을 조성하는 문구로 가득한 전단을 한 번이라도 본 학부모들은 어떻게든 은행사거리의 학원으로 자식을 보내려고 애썼다. 나는 다행히(?) 부모님으로부터 공부에 대한 압박이 크지 않았으므로 중랑천에 갈 수 있었지만, 어쩐지 혼자 하는 산책은 외롭고 쓸쓸해서 자주 가지 않게 되었다.

그쯤, 학교를 마치고 돌아와서 할 일이 없던 나는 백화점 맞은편으로 건너 중계역 쪽으로 조금 걸어가면 있는 서점을 자주 갔다. 지금은 다른 이름으로 운영되지만, 현재도 여전히 서점으로 남아 있는 '노원문고'였다. 딱히 책을 엄청나게 좋아한다거나 그때부터 문학적 기질을 발휘했던 것은 아니고, 단순히 돈이 없어도 오래 있을 수 있는 공간이었기 때문이다. 지금도 크게 다르지는 않지만, 그때의 서점은 학생이 교복을 입고 가면 책 한 권 사지 않고서 몇 시간 있어도 쫓아내지 않는 곳이었다. 여름이면 에어컨이 나왔고, 겨울이면 히터가 나왔다. 거기서는 책을 읽는 일 말고는 딱히 할 일이 없으므로 나는 아무 책이나 집어 읽기를 반복했다. 그쯤에 나는 짝사랑을 닮은 첫사랑을 앓고 있었고, 혼자 하는 이별은 어린 나의 감수성을 끝없이 넓혀 놓기에 충분했다. 마침 시집 코너 밑에

앉아 있기를 좋아했는데, 그 이유는 단순히 시집 코너에
는 사람들이 잘 오지 않기 때문이었다. 그때 시간을 축내
기 위해 시집을 읽기 시작했다. 거기서 오규원 시인을 만
나고 이성복 시인에게 감탄하고 최승자 시인 때문에 울기
도 했다.

    이 글에서 밝히기에는 아주 부끄럽고 또 부적절할지
모르지만, 나는 언젠가 노원문고에서 시집을 한 권 훔친
적이 있다. 시집 한 권에 7,000~8,000원 하던 시절이었음
에도 그 정도 가격은 내 일주일 용돈의 거의 전부였고, 반
년 넘게 지켜본 결과 시집은 거의 아무도 사지 않는다는
것을 알았기 때문에 감행한 못된 짓이었다. 그 책은 기형
도 시인의 《입 속의 검은 잎》이라는 시집이었는데, 책을
사기 위해 돈을 타면 흔쾌히 내어줄 부모님이라는 걸 알
고 있었지만, 어쩐지 나도 모르게 그 시집을 읽다가 외투
주머니에 쑥 넣고 만 것이다. 시집은 얇고 작기 때문에 외
투 주머니에 넣어 훔치기에 알맞았고 티가 나지 않았다.
기형도 시인이 꼭 내 마음속에 들어갔다가 나온 것처럼
여겨졌기 때문이었을까. 비겁한 변명이겠지만, 그때 훔친
그 시집 때문에 어쩌면 내가 시인으로 살게 된 건 아닐까
생각한다. 인생의 첫 이별과 인정 넘치는 동네 서점은 철
없고 소심한 아이를 시인으로 만들기도 한다. 물론 이 글

을 당시의 노원문고 사장님께서 읽게 되신다면, 두 무릎을 꿇고 정말 죄송한 마음과 함께 지금의 제가 꼭 책값을 갚겠다고 전하고 싶다. 시인이 되어 돌아간 노원문고는 이미 이름이 바뀌고 다른 서점이 되어 있었다.

부모님의 자의 반 타의 반으로 중학교까지는 집과 학교가 가까웠지만, 고등학교에 들어가서는 학교와 집이 꽤 멀리 떨어지게 되었다. 자전거를 타고 학교를 오갔다. 또다시 부끄러운 고백이지만, 나는 아침마다 고등학교 정문에서 벌어지는 두발 단속에 걸리지 않으려고 새벽 여섯 시에 등교했다. 그때쯤부터 밤마다 책을 보거나 컴퓨터로 영화를 보거나 잡글을 쓰는 야행성 생활을 시작했으므로, 밤을 꼴딱 새우고 일찍 등교해서 쪽잠을 자는 식으로 살았다. 아무튼, 나는 새벽 등교를 하다가 자전거를 세우고 꼭 편의점에 들러 초코 우유를 사서 '삿갓봉 공원'에 앉아 우유를 마셨다. 삿갓봉 공원은 중계동 아파트 단지로 둘러싸인 그리 크지 않은 근린공원이었지만, 불암산과 가까워서 높고 순한 불암산 산세가 잘 보였고 비가 오는 날에는 불암산에서부터 내려오는 깨끗하고 편안한 숲냄새 속으로 마음을 놓기에 좋은 장소였다. 새벽의 공원은 아직 사람들로 분주하지 않아서 마치 홀로 다른 세계에 앉아 있는 느낌이었다. 안개가 자주 깔렸는데, 슬픈 일이 있으면 그 공원 정자에서 조금 울다가 학교에 갔다. 내게는 아주 작은 자연이었고, 아파트와 아스팔트로 둘러싸인 삶 속에서 마음의 맨발을 내밀 수 있는 가장 소중한 자연이었다. 야간 자율 학습이 끝나면 집으로 돌아가기 전에 친구와 함께 앉아 고민을 털어놓는 장소였고, 학교에서 합창단을 했으므로 합창단원 몇 명과 잘 맞지 않는 화음을 다듬으며 노래를 부르다가 근처에 사는 어른께 혼이 나기도 했다. 공원의 이름이 하필이면 '삿갓봉'이라서, 남고에 다니는 혈기왕성한 학생들의 짓궂은 장난 소재가 되기도 했다.

자전거를 타면 멀지 않은 곳에 친구들과 단골 식당을 만들었다. 당고개역은 4호선 종착지였고 창동역에서부터 당고개역까지는 지하철이 지하가 아니라 고가로 다녔다. 상계역과 당고개역을 잇는 고가 밑으로 오래되고 허름해 보이지만 그 동네에 사는 사람이라면 도저히 한 번만 갈 수는 없는 숨은 맛집들이 즐비했다. 친구들과 나는 당고개역 근처, 속칭으로 '굴다리'라고 부르는 곳에 있는 곱창전골집을 수없이 드나들었다. 그 집은 자세히 보면 아주 작은 나무 간판이 있었으나 철이 벗겨져서 누구도 가게 이름을 제대로 아는 사람이 없었고, 우리는 그곳을

'굴다리 곱창'이라고 불렀다. (지금 생각해보면 사실 당고개역에는 굴다리라고 부를 만한 구조물이 없었는데, 모두가 그냥 굴다리라고 잘못 부르고 있었다.) 굴다리 곱창집을 우리가 애용하게 된 이유는 무엇보다도 가성비였다. 주인 할머니와 며느리인지 딸인지 모를 아주머니와 그 아주머니의 딸로 보이는 젊은 분까지 세 분이 운영하고 있었는데, 할머니는 자주 나오지 않으시고 아주머니께서 주로 계셨다. 굴다리 곱창의 곱창전골은 1인분에 8,000원이었는데, 네 명이 가서 2인분을 시키면 6인분 정도의 양이 나오는 어마어마한 곳이었다. 푸짐한 당면과 야들야들하게 익은 곱창을 들깻가루 가득한 가게 비법 양념장에 찍어 먹는 게 그 시절 우리가 몰두했던 먹거리였다. 게다가 처음엔 전골을 다 먹고 나면 볶음밥을 공짜로 볶아주셨는데, 어느 날부턴가 1인분에 2,000원을 더 내야 했다. 그러나 2,000원만 내면, 몇 명이 가든 사람 수만큼 볶음밥이 나왔다. 그러나 지금 생각하면 한창 많이 먹는 고등학생들의 배를 생각해주셨던 인정이 아니었나 싶다. 굴다리 곱창집은 당고개역 주변이 재개발되면서 사라졌다.

당고개역에서 끝나는 선로 너머로 서울과 경기도의 경계를 나누는 수락산이 솟아 있다. 수락산은 서울 북쪽에서 북한산과 도봉산 다음으로 높고 넓은 산이다. 수락

산 지대에는 작은 빌라들과 좁은 골목들이 서로 얽혀 돈
아나 있었는데, 당고개역에 내려서 수락산 방향을 올려다
보면 펼쳐지는 마을들은 어딘가 뭉클하고 멋진 광경이었
다. 나중에야 알게 된 사실은 당고개역 부근의 그 마을들
이 그보다 오래전, 청계천 개간 사업으로 인해 살던 곳에
서 밀려난 사람들이 모여 만든 동네라는 것이었다. 당시
에 사람들은 그 동네를 '달동네'라고 불렀고, 달동네라는
이름은 어쩐지 달에 가까운 동네라는 뜻 같아서 문득 아
름답게 여겨지기도 했다. 밤에 멀리서 보는 그 동네는 전
깃줄로 이어진 가로등 불빛들이 마치 별자리의 별들이 땅
으로 쏟아져 내린 듯이 보였다.

노원을 떠나기로 마음먹었던 건 대학을 졸업하면서
였다. 서울권 예술대학에 진학해서 상계동에 살면서 통
학할 수 있었지만, 집안의 형편이 크게 펴지 못하면서 방
이 작아졌다. 여동생을 생각하니, 이제 여동생도 성인이
되었는데 방에 들이고 싶은 화장대나 옷장 같은 자신만의
물건들을 여전히 포기해야 하는 처지가 안쓰러웠다. 물론
나 역시 그쯤에 이르러, 부모님의 손에서 벗어나 자신만
의 생활을 꾸려나가는 진정한 성인으로 사는 삶을 갈망
하고 있었다. 무엇보다 유년을 보낸 상계동을 떠나, 다른

곳에서 다른 사람이 되기를 꿈꿨다.

여섯 평짜리 원룸에서 시작한 독립은 생각보다 가난했고 어려웠다. 그러나 이 역시 지나야 하는 성장통 같은 것으로 여기며 익숙하고 편한 곳으로 돌아가지 않으려 애썼다. 그러다 한동안 마음의 병이 생겼다. 부끄럽게도 다 자라서 부모님의 손길이 필요했다. 오랜만에 돌아갔던 노원, 상계동. 때로는 지겹게 여기기도 했고 슬픈 일도 많았던 이곳으로 돌아와서, 나는 내가 겪는 마음의 병이 오직 나의 잘못으로만 이루어진 나의 죄악이 아님을 깨달았다. 나는 나를 괴롭히고 나를 아프게 하는 데에 골몰했었다. 너무 많은 세상이 나를 지나가는 동안, 내 영혼에 필요했던 건 다시 돌아갈 수 있는 장소였다. 내가 자라는 동안, 먹고 겪고 걸었던 그곳. 그곳은 변했으나 많이 변하지 않은 모습으로 여전하게 손을 잡았다.

지금도 한 달에 두세 번은 상계동에 간다. 부모님과 동생이 아직 상계동에 산다. 나는 일부러 중계역에서 내려 당현천을 따라가다가 상계역에서 올라선다. 예전보다 잘 정돈된 산책로에는 해맑은 강아지들의 산책이 즐겁다. 강아지들의 보폭을 따라 걷기도 하고, 그늘이 순하게 내린 벤치가 있으면 앉아서 사진도 찍는다. 상계역에서 올라와 상계중앙시장에서 간식을 사고 본가가 있는 동네로 올라가면서 부모님이 꼭 차려주시는 밥상 생각에 두근거린다.

그러므로 어쩌면 나는 이제야 조금 삶을 이해하기 시작한 걸지도 모르겠다. 삶에서 앞으로 나아간다는 건, 꼭 방향이 앞일 필요는 없다는 것. 돌아가는 일이 정말로 돌아가는 일은 아니라는 것. 상계동이 나를 기르는 동안, 나 역시 마음의 가장 낮고 튼튼한 곳에 상계동을 기르고 있었다는 걸 이제는 조금 알 것 같다.

3 | 무의 투명함을
기다리는 마음으로

인간이라는
것

가공되어 있는 모든 삶의 형태를 벗어나고 싶다는 생각을 한 적이 있다. 옷, 음식, 집, 노동. 인간의 문명이 이룩한 모든 형식과 양식에서 단 한 번도 벗어나본 적 없다는 생각을 한 적이 있다. 자연으로 돌아가야 한다는 생각이 아니고, 염세주의를 표방하는 것도 아니다. 사실 자연조차도 이미 인간이 사유하고 납득 가능한 자연이라는 개념에 귀속되었을 뿐이 아닌가 싶기도 하다. 우리가 생각하는 자연이라는 게, 어쩌면 가장 원형적인 자연과는 동떨어진 자연이 아닌가 싶다는 것. 인간이 도달한 모든 성취를 다 부질없이 여기는 것도 아니다. 내게는 그럴 만한 사유의 깊이와 넓이가 없다.

그러면 원시의 인간이야말로 가장 원형의 인간일까. 아니, 인간이라는 종의 탄생 이후 인간은 이미 가공된 것인지도 모른다. 종교적으로 말하면 신의 존재를 들이밀며 인간을 가공한 초월적인 존재가 있다고 주장할 수도 있겠으나, 실증할 수 없는 일이다. 나는 인간이 인간에게서 제

151

공되었다고 생각한다. 인간만이 인간을 사유하고 정립할 테니. 인간은 결국 인간이 만들어낸 개념이다. 인간이 만들어낸 모든 것 중에, 가장 오래되고 지금까지도 만들어지고 있는 것은 인간이라는 것이다. 물론 이런 이야기는 어느 철학자나 자연과학자가 더 웅숭깊게 할 법한 이야기지만.

그러니까 오늘은 문득, 인간에게서 벗어날 수 있는 형태의 삶은 없다는 생각을 하다가 말이 여기까지 흘렀다. 나는 희로애락의 모든 순간과 심지어 잠을 자는 그 순간에도 인간의 형태를 갖추고 있을 것이다. 오늘은 그게 몹시 답답한 날이었다. 나는 왜 하필 다람쥐도 아니고 고래거나 독수리가 아니고 민들레나 목련이거나 자작나무가 아닌 인간일까. 어쩌다가 너무 복잡한 인간의 마음을 지니게 되었을까. 내가 왜 인간인지 따위나 생각하는 그런 생각을 멈출 수도 없이 잠을 못 자고 있는 지금도, 이게 다 내가 인간이기 때문이다.

지금의 나와 너는, 온전한 나와 너의 오리지널이다. 옆에서 돌아누워 잠든 인간의 뒤통수에 코를 푹 박고 샴푸 냄새를 맡으며 생각했다. 생각이라기보다, 믿음에 가까울지 모른다. 현실이 영화 〈매트릭스〉의 그것일지도 모르지만, 나는 내가 살아서 경험한 모든 경험의 총체. 너는 너의 삶으로 축적된 모든 기억의 전부. 대체 불가능한 고유의 너와 나. 그런 믿음이 없다면, 세상은 너무 견디기 힘든 곳일지도 모르겠다. 그러니까 나와 네가 그토록 하나뿐이어서 애틋하게 살았으면 좋겠다. 오늘 밤은 익숙한 샴푸 냄새 같은 단순한 진실이 인류의 모든 역사보다도 더욱 확실하고 안전하게 여겨진다. 이 마음도, 인간이라는 것일까?

조금씩,
아주 조금씩

나에겐 백만 원이 담긴 통장이 하나 있다.

스물 즈음부터 배워두었던 음향 엔지니어링으로 돈을 벌었다. 작은 돌잔치부터 꽤 큼지막한 야외 공연까지. 주로 여름과 초가을, 일주일에 두세 번의 행사를 뛰면 시즌 종료 후에 목돈을 쥘 수 있었다. 전문가는 아니었고 음악을 수준급으로 믹싱할 수 있는 능력도 없었지만 대충 행사를 진행할 수 있을 정도의 실력이었다. 가장 먼저 믹싱 콘솔과 스피커의 위치를 가늠한다. 공간의 특성에 따라 저음, 중음, 고음을 알맞게 배치한다. 소리를 배분하는 기준은 엔지니어의 성향마다 다르다. 나는 주로 저음에 신경을 쓰는 편이었다. 저음은 가장 낮게 가는 음역이다. 소리 전반을 주무르고 펴는 역할을 한다. 또 저음은 가장 물리적이다. 소리를 입체적으로 만드는 건 저음의 몫이다. 저음은 바닥으로 쉽게 가라앉으므로, 담당하는 스피커는 천장을 향해 비스듬히 놓아서 소리가 포물선을 그리게 한다. 무엇보다 중요한 건 안정적인 전력과 전압을 확보하는 일이다. 음향 장비는 전자식이고 장치마다 필요한 전력이 있다. 물줄기와 비슷한 원리이다. 상류와 하류의 속도 차이를 계산하고 균형 있게 흘려보내서 가까운 곳과 먼 곳의 소리를 균일하게 한다. 전압과 전력이 충분하지 않은 장소에서는 소리의 많은 부분을 포기해야 한다. 이를 모르는 관객들은 좋지 않은 소리가 날 때 화를 냈다. 시행착오를 겪은 후에, 이를 피하는 요령도 저음에서 발견했다. 저음은 소리를 뭉갠다. 소리의 단차를 메운다. 연주자의 부족한 터치를 보완하고 음악의 허전함을 채운다. 저음은 중요했다.

　백만 원짜리 통장은 그런 것이다. 돈으로 결핍을 느껴본 사람이 침대 밑에 감춰둔 현금 다발 같은. 끝내 죽고 오래 지난 후에 발견되는 돈처럼 나에게는 쓰지 않는 통장이 있다. 처음으로 만든 통장에 돈을 쌓던 날, 백만 원을 채운 뒤에 다른 통장을 만들었다. 백만 원은 적은 돈은 아니겠지만 너무 큰돈도 아니었다. 자동차는 살 수 없지만 스쿠터를 살 수 있는 돈이었다. 오래 떠날 수는 없지만 즉시 떠날 수 있게 하는 돈이었다. 1년을 놀면서 지낼 수는 없겠지만 한 달은 일하지 않고 버티게 하는 돈이었다.

　이십대의 전부를 통과하며 자주 불안했고 쉽게 무서웠으나 아주 가끔 완전했다. 그때마다 내가 생각했던 건 문학을 향한 열정도 아니고 고결한 순정도 아니었다. 정신승리 같은 투쟁이거나 배반하지 않는 노력 같은 숭고함도 아니었다. 백만 원. 통장에 들어 있는 백만 원을 생각했다. 백만 원은 삶의 단차를 메웠다. 서투른 삶을 보완하고 허전한 삶을 채웠다. 내가 원하지 않으면 그 즉시 삶에서 탈출할 수 있다는 생각이 이십대를 더 버티고 견디게 했다. 적어도 내겐, 백만 원이 있었다.

가끔은 혼자서 얼굴 전체에 웃음을 뒤집어쓴 채 있어야 하는 상황과 조건이 온다. 그럴 때 견딘다는 생각이 든다. 집에 와서 침대에 눕는 일이 침대에 기댄다고 느껴지는 날. 하루 내내 종말이라는 단어를 쥐고 다니는 날. 힘내라는 말보다 보고 싶다는 말이 더 정확한 힘을 제공한다는 생각을 했다. 보고 싶다, 라고 썼다가 보러 갈게, 라고 쓰고 싶은 날.

엄마가 아팠다.

한동안 시를 읽지 못했다. 시를 읽었으나 그 행위에 읽기는 없었다. 마음에게 편안하던 말들을 머리로 읽자 통증을 주는 소음으로 느껴졌다. 미지근하게 알맞던 슬픔은 차갑게 얼어서 머릿속에서 덜그럭거렸다. 무엇보다 더는 혼자일 수 없었다. 시의 너머에 있는 무언가가 필요 이상으로 다가왔다. 그러한 독서가 내겐 맞지 않았다. 학습하거나 채집하는 행위가 되었다. 그렇게 한동안 혼자가 되지 못했다. 혼자가 될 수 없자, 정말로 혼자가 된 기분이었다. 그 시기의 나는 나와 관련된 생활과 관계와 신체를 모조리 놓치고 있었다. 시간은 온통 적의로 뒤덮여 움직였다.

"그냥 허리가 끊어질 듯 아프더니 어제부터 못 걸어서, 병원에 왔어. 괜찮아, 어서 집에 가서 일해. 수술은 안 해, 엄마 나이에 허리 열면 더 늙어서 고생한다더라. 아휴 됐어, 얼른 가."

혼자로서 멈춘 순간이 되면 나는 한 발짝 떨어져 가까스로 나의 테두리를 봤다. 나와 내가 아닌 것들의 경계. 구분과 구별이 필요한 날에는 시를 읽었다. 하루에도 몇 번씩 그런 순간들이 필요했다. 시를 읽는 동안에는 내가 나를 조절하고 있다고 느끼곤 했다. 내 마음에 내가 아닌 말들을 채움으로써 눌러 덮었다. 그 순간은 묘한 슬픔이 있는 순간이어서 시간이 뭉근하게 끓인 죽처럼 되직해졌다. 그게 참 편안했다.

엄마는 치료비가 무서웠겠지. 아까웠겠지.

세상 모든 병원 냄새를 만드는 성분 중에는 꼭 사람을 긴장하게 만드는 성분이 들어 있을 거라고 생각했다. 6인 병실은 허리와 다리, 목과 어깨 같은 부위에 고통이 있던 환자들이 모여 있었다. 정형외과 병동은 종합 병동 특유의 묘한 묵직함이 없었다. 그곳에 모인 환자들은 죽음으로부터 멀리 있었다. 마음이 잠깐 풀어졌다. 생명보다는 생활이 불편한 사람들. 엄마는 창가 쪽 침대에 누워 있었다. 자라면서 엄마가 병실 침대에 누워 있는 모습은 본 적이 없었다. 엄마는 항상 아팠으나 아프지 않은 사람이었다. 그게 늘 어려웠다. 엄마의 삶을 보고 자란 나는 아프다는 말을 쉽게 하면 안 되는 줄 알고 자랐다. 어떤 고통이어야 고통을 외면하는 방법으로만 지나갈 수 있는 걸까. 엄마의 그런 불쌍함이 늘 싫었다. 잘못하지 않았는데 혼나듯이 침묵해야 하는 삶. 엄마의 인중을 짓누르는 손가락이 마치 내 것 같은 날에는 엄마를 부정하고 싶었다. 당신의 불행은 당신에게서 비롯된 거라고. 엄마의 마음은 내가 태어나기 이전부터 노동으로 다치고 굳어져서 두껍고 뭉툭한 모양으로 보였다. 엄마의 감정은 통장 잔액이 0으로 수렴하기를 반복하는 생활 속에서 0을 닮고, 0과 똑같아지고 있었다. 밥 먹어라, 당신의 예민한 아들에게 할 수 있는 최선의 위로와 훈계는 밥이었다. 가족이 부서지던 순간마다 엄마는 늘 밥을 지었다. 늦은 퇴근을 하고서도 아침에 먹을 밥을 짓고 잤다. 그게 엄마가 부서지는 가족을 끌어안는 우직하고 확실한 방법이었다. 가족의 바깥을 빙빙 돌다가도 우리는 식탁에 모여 앉아 밥을 먹었다. 밥을 먹고 나면 그릇과 접시를 정리하며 가족을 다시 닦고 정리하고 있다는 생각이 들었다. 다음의 끼니를 위해. 다음과 그다음에도 우리가 가족이기 위해.

돌아오는 길은 어쩐지 어디론가 떠나고 있는 듯이 느껴졌다. 엄마는 독한 진통제 때문에 위장이 헐고 밥을 먹지 못했다. 나는 오랫동안 시를 읽지 않았다.

왼쪽 손목에 시계를 하거나 팔찌를 채운다. 외출과 외출하지 않는 상태를 왼쪽 손목에 착장하는 장신구의 여부로 구분한다. 빈 손목으로 밖을 나서는 일은 거의 없다. 특히 다른 사람들 속에 섞여 있어야 하는 날은 더욱 그렇다. 실수로, 손목이 비어버린 날에는 손으로 하는 모든 일이 얽혀버리는 느낌이었다. 손목에 무언가 매달려 있을 때 편안했다. 갑옷을 입은 듯이, 나의 보호와 나의 안전이 손목에 달려 있었다. 어디서부터 이 습관이 출발했는지는 알 수 없지만 아주 어렸을 때부터 손수건 같은 걸

묶고 다녔다. 왼쪽과 오른쪽의 다른 균형이 내게는 알맞았다. 오른쪽으로 자꾸만 가라앉는 기분. 심장이 자꾸 비어서 공기주머니처럼 둥둥 뜨는 걸까 하는 생각을 했다. 낯선 곳에서 낯선 사람 앞에 서 있어야 하는 순간에는 시계나 팔찌를 만지작거렸다. 고층에서 철근을 나르는 사람이 안전장치를 확인하듯이 수시로 손목을 확인했다. 하루가 이상하게 망가지는 날은 꼭 팔찌를 잃어버리거나 망가뜨렸다.

소소하고 확실하다는 건 얼마나 강력한가. 얼마나 개별적이고 확고한가. 아무 약속도 일정도 없이 휴대폰을 무음으로 만들고 누워 맨살로 느끼는 여름의 홑이불과 겨울의 솜이불이 주는 감촉. 찻잔 속의 티백 위로 뜨거운 물을 조금씩 흘리면서 물감처럼 번지는 차의 빛깔을 보는 건. 소란을 꺼두고 종이 위에 시나 소설의 몇 구절을 베껴 쓰며 종이 위의 잉크가 말라가는 모습을 멍하니 바라보는 건. 일주일의 옷들을 전부 넣고 세제보다 섬유유연제를 가득 붓고 티셔츠와 수건과 양말과 속옷들이 비눗물 속을 돌아다니는 걸 쳐다보며 세탁기 앞에 쪼그려 앉는 시간, 세계의 북적거림이 내게 올 수 없고 나도 그 어떤 세상이 필요하지 않은, 아주 사소하고 견고한 순간이란 건.

그러나 행복과 절망에 관해서는 그 소소함과 확실함이 절망 쪽으로 더 강력하다는 걸 안다. 우리는 자주 불행하고 아주 가끔 행복하니까. 행복으로 버티는 사람보다 행복이 올 거라고 견디고 사는 사람이 주위에는 더 많았으니까. 내가 아는 세상의 이미지는 외면할 수 없는 비명과 조용한 눈물들, 텅 빈 눈빛과 어둠을 긋고 골목으로 사라지는 담뱃불이 곳곳에 모였다가 흩어지는 모습들로 보이고 사라졌으니까. 내가 지켜낼 수 있는 행복이란 건 그래서 그토록 사소한 순간들뿐이었을까. 행복에는 왜 나와 당신이 사이좋게 같은 크기와 충만으로 참여할 수 없었나. 돌이켜보면, 왜 내가 울 때 당신은 몰랐고 당신이 아플 때 나는 거기 없었나. 행복은 어째서 세상을 유리하고 내가 나로 작게 웅크릴 때만 확신할 수 있나. 나의 안위는 안중에도 없이, 어째서 세상은 이토록 완벽한가.

백만 원 통장을 헐고 수중의 돈을 합쳐 엄마에게 주었다. 마치 시를 써서 번 돈처럼. 심리적인 절박함이 구체적으로 다가왔다. 당장의 생활과 앞으로의 생활을 하기 위해서 일을 하고 있었지만, 이제 어디로도 도망갈 수 없다는 생각이 내가 가꿔온 사회적 표정들을 무너뜨렸다. 그 시기에 나는 자주 싸웠고 스스로를 상처 입혔다. 내 마음에 내가 다치고 그 책임을 나를 둘러싼 모든 세상을 원망하는 방식으로 해결했다. 아무도 몰래 다시 음향 엔지니어 아르바이트를 뛰었다. 무겁고 비싼 장비들을 나르며 땀에 젖고 마르기를 반복하고 관객들이 즐거워할 때 홀로 긴장한 채 무대를 주시했다. 약속된 순간에 소리가 튀지 않도록 밸런스를 맞추는 일에만 집중했다. 운명은 내게 앞으로도 오래도록 보이지 않는 어둠 속에 서 있어야 하는 사람으로 살아야 할 것을 명령하는 것처럼 느껴졌다. 축제가 끝나면 쓰레기를 줍고 장비를 차에 실었다. 행사가 비는 날에는 시를 급하게 쓰고 돌보지 못했다. 생활은 자고 쓰고 먹고 일하는 것으로 채워졌다. 원망과 짜증도 피로에 덮여 무감각해질 때쯤, 겨울이 왔다. 통증 같은 추위였다. 나는 손목을 자주 만졌다.

어느 날 갑자기, 시는 다시 읽히기 시작한다. 차갑고 정확한 순간이었다. 침대 옆에 놓아둔 시집을 졸린 눈으로 슬쩍 열었다가, 열리면서, 눈물이 나기도 한다. 더 이상 내겐 백만 원이 없고 삶은 계속되고 혼자였다. 엄마의 허리는 통증을 빠져나와 조금씩 아물어가고 있었다. 생활과 마음이 끝장이라고 생각하는 순간에, 시는 다시 왔다. 천연덕스럽게 다시 앉아 조용한 자리를 만들었다.

그러니까 행복은 없다. 행복이라는 착각으로 행복은 있다. 좋고 기쁘던 추억이 오래 지나면 눅진한 슬픔을 동반하는 것처럼. 끝을 시작이라고 믿는 일처럼. 한 순간, 한 장면이 때로는 그 이후의 전부를 만드는 것처럼. 그 순간을 내내 기다리는 일이 내가 아는 시의 최소였고 내가 할 수 있는 시의 최대다. 현재의 마지막, 그렇게 맨 앞인 것. 시의 소소하고 확실한 행복은 거기에 있다.

조금씩, 아주 조금씩, 자신을 믿어볼 수도 있을 것이다. 시를 읽는 우리는, 시가 있는 우리는. 이렇게 조금씩이라도, 작고 짧고 낮고 깊게. 꼭 불행을 위한 것이 아니고 불행으로만 채워지지 않는다고, 삶을 조금은 이해해볼 수도 있을 것이다. 삶이 여기서부터 조금 더 멀리 가볼 수도 있을 것이다.

손목

요즘은 소소하게 주어지는 일만 하고 거의 놀았다. 모든 일에 감정을 담는 데에 지쳤고. 상하좌우로 뻗는 우정과 평가를 의식한 노력과 동료의 탈을 뒤집어쓴 모사꾼. 눈치 보게 만드는 모든 결속들. 도망치고 싶었다. 지금까지 간신히 뭉쳐 놓은 일들이 1년 사이 모래성처럼 사라지는 듯한 기분을 느끼면서, 나도 사라지는 상태가 빈번했다.

이제 나는 다시 빈손 같지만, 오늘은 문득 괜찮다. 사라지는 게 두려워도, 두려움도 두려워서 떨며 건네는 손목이라고 생각하기로. 어쩔 수 없지. 내가 잡기로. 놓지 않으면 같이 갈 수도 있겠다고, 생각하기로.

미옥
누나에게

이 첫 줄을 적기 세 시간 전에 누나가 내 방 앞 천변을 지나갔어.

같은 동네에서 2년 정도를 살았네. 다음 달, 내가 다른 곳으로 가게 되면 불광천에 묶여 있는 우리의 산책들과 티타임들이 그리울 거야. 떠나기 전에 이렇게 적어둘 수 있어서 다행이야. 동네 친구가 이사 가면서 대문에 끼워둔 쪽지 같은 느낌이면 좋겠다. 그래, 꼭 그런 마음으로 씁니다.

처음 만났을 땐 몰랐어. 온몸에 어색함을 뒤집어쓰고 긴장을 잔뜩 그러쥐고 있는 누나를 보고서는 내가 누나의 동생이 될 줄은. 어떤 행사의 쉬는 시간이었는데, 사람들이랑 이야기도 안 하고 의자에 녹아 있기에 괜찮으시냐고 물었더니 괜찮다고 신경 쓰지 말라며 손사래를 쳐 더 신경 쓰이게 만들었지. 그 이후의 일들은 잘 기억이 나질 않는데, 그때의 모습은 깊게 남아 있어. 누나의 자세와 표정들을 어느 정도 해독할 수 있게 되면서, 어색하고 무

165

서운 자리에서 누나가 꼭 그런다는 걸 알았어. 아주 조심
스러운 처음을 생각하는 사람. 그렇다면 삶의 언젠가에
서 처음을 다칠 수도 있는 사람. 어쩌면 그렇게 많이 다쳤
을지도 모르는 사람. 그래서 다른 사람의 처음을 많이 생
각하는 사람이라면, 친구하고 싶었어. 물론 친구가 된 뒤
에, 누나는 처음, 중간, 끝, 끝의 이후까지를 모조리 생각
하는 사람이라는 것을 알게 되었지만.

　　그리고 그건 제주도에서였어. 또 행사를 같이 진행하
게 되면서 나는 새로운 안미옥을 알게 되었지. 어떤 시간
을 그렇게 즐거워할 수도 있는 사람이구나, 알게 되었어.
아주 호방한 그 안미옥을 하마터면 형이라고 부를 뻔했
어. 물론 누나는 다음 날 자기반성과 성찰과 고뇌로 또 다
른 자신을 혼내는 시간을 보냈고, 동생들은 아직까지도
그 일을 신화화하면서 누나 놀리기에 열중하지만, 한편으
로는 안쓰럽다는 생각을 했어. 누나가 늘 슬픔과 슬픔이
아닌 쪽, 그 사이 어디쯤으로 영혼을 통제하고 있는 것만
같아서. 그리고 제어의 안쪽과 바깥쪽을 모두 들키지 않
으려고 하는 것만 같아서. 동생이라서 어쩔 수 없이 누나
의 일면만을 보게 되는지는 모르지만, 웃음을 유지하려
고 감정의 끈을 매 순간 조여두고 있는 건 아닐까 하는 생
각을 했어. 나 역시, 그렇게 살게 된 이유를 말하지 않아

166

도 들었던 것 같아서 누나를 만나게 되면 평소에 하지도 않는 농담과 장난을 치게 되는 거 같아. 그리고 그럴 때 크게 웃는 누나를 보면 뿌듯해. 다른 사람은 못 웃겨도 안미옥은 웃기겠다는 신념이 내겐 있어.

최근에, 사람한테 다치고 또 사람을 다치게 해야 하는 일들이 많았어. 왜 불행은 항상 연합해서 몰려오는지. 그 일들이 어느 누구 한 사람만의 일이 아니라 인류의 수만큼 벌어지는 비슷하고 무수한 일들이겠지만, 나는 나를 벗어난 고통을 잘 알지 못하고 나 아픈 것에만 쉽게 몰두하는 사람이라서, 오랜만에 누나에게 긴 하소연을 남기고 있었어. 그러다 문득, 누나의 숨을 참는 얼굴이 생각났어. 첫 시집을 누나의 바깥으로 내보내고 관계와 생활과 마음 사이에서 또 어떤 의자에 앉아 있는 건 아닌지, 침묵으로 만들어진 안부가 생각났어. 누나에게 의탁하면 조금 편해지겠지만, 누나가 말하지 못하는 입술로 건네줄 위로가 무엇일지 알 것 같아서 보내지 않았어. 그랬지만, 어떤 사연도 적어서 보낼 수 있는 대상이 있다는 사실만으로도 그 시간들을 잘 건너올 수 있다는 걸 이제는 알 거 같아. 언젠가 누나가 해준 말에도 들어 있었어. 있다는 것만으로도 응원이 될 수 있는 존재. 나는 누나 덕분에 후천적인 혈통을 나눠 가지는 일이 조금 더 가능해졌어.

작년 여름, 그러니까 이맘때, 천변 카페에 앉아 있었어. 숏컷을 검붉게 염색하고 나온 누나가 짧은 성냥개비를 닮았는데 주먹이 날아올까 봐 말 못 했을 때였지. (이거 썼다고 때리면 안 돼, 누나. 지난번엔 멍들었어.) 기억으로는 정말 온갖 주제들을 다 이야기했던 거 같은데, 집으로 돌아와서 내가 어떻게, 그렇게 내 속을 다 뒤집어 말할 수 있었을까 생각했어. 마음에 설치된 문과 열쇠의 규격이 저마다 달라서 어쩌면 그 모양의 맞음으로만 관계는 가능한 건지 모르겠어. 누군가를 받아들이고 또 누군가에게 가는 일이 수월해진다는 건, 내가 가진 모양의 수를 늘리거나 더 쉽도록 다듬는 일인지도. 어느 한쪽만이 준비하는 일이 아니고 또 모두가 다 그렇게 해야 하는 일도 아니지만, 나는 그해 여름이 잘 작동하고 있다는 생각을 했어. 그런데 요즘 들어서 그 모든 일이 버거워지기 시작했어. 내가 있던 곳에서는 문처럼 보이는 벽이 자꾸 생기고, 나는 문이라고 생각하며 만든 마음들이 아주 두꺼운 벽이 되어가는 거 같아. 방에 둔 화분들이 말라 죽는 게 자주 슬퍼서, 이제는 식물을 기르지 말아야겠다는 생각을 해. 내가 기른 식물들은 나를 나가지도 못하고 자꾸 죽어. 심지어, 어느 날 테라스에 민들레 홀씨가 구석 타일 틈새에 앉아 혼자 자랐기에 신나서 물도 주고 그랬는데 3일 정도

집을 비운 사이에 땡볕에 새카맣게 타서 죽어 있었어. 그럼 나도 이제 어디에 가서, 어디로 가서 그렇게 되는 걸까.

설빈이가 나를 들여다보면서 웃음의 역량과 웃음 뒤편의 그늘로 길러진 사람, 이라고 편지에 적어 보냈을 때, 나에 대한 낯선 깊이에 고마움을 느끼면서도 딱 누나 생각이 났어. 이 편지는 그 말 때문에 누나에게 쓰기로 했어. 누나가 바로 그런 사람이라는 생각을 했어. 최근 누나는 멀리서 보기에 이전보다 조금 더 부드럽고 평온하게 웃지만, 나는 가끔 누나 주위에 유리로 만든 표정이 생겼다는 느낌을 받아. 의자에 앉아 있지 않고 서서 중심을 잡는 대신 만들어 두른 유리 가벽. 그게 설치된 이유는 알지 못하지만, 누나의 일이라면 나는 돌멩이를 집어 들고 골목을 뛰어 내려가는 동생의 마음이 되기도 해. 또 그래서 돌을 내려놓고 누나 방 창문 밑에 아무렇게 앉아서 저녁까지 노래나 부르는 마음이 되기도 해. 그렇게 오래도록 있는 일이 내가 사는 동안 할 수 있는 일인 거 같아.

이렇게 썼지만, 사실 누나는 내가 가늠하는 것보다 훨씬 강한 사람이라는 걸 알아. 그 강함은 무언가 겨냥하고 휘두르지 않는, 폭력으로 활용되는 강함이 아니라 다만 순하고 조용해서 움직이지 않는 강함일 거야. 그래서 지금의 자리가 버텨지고 또 버티게 할 수 있는 일들이 가능한 강함, 그런 시를 빚는 사람이라는 거. 혹, 그렇지 못할 때라도 아무렴, 기대할 필요 없이 기대를 능가하는 충분한 사람이라는 거. 이 말만은 대문에 꼭 꽂아두고 싶었어.

또 연락할 거야 누나. 다른 곳에 가도 산책과 티타임은 계절마다 한 번씩은 하는 걸로 하자.

2017년 여름, 편지를 보냅니다.

껴안는
모습

무참과 자유.
어쩐지 오늘은 이 두 단어를 떠올렸습니다.

이제 문득, 당신 얼굴은 생각나지 않습니다. 손. 첼로를 슬프게 켜던 손이 생각납니다. 악기를 잘 만지는 일은 내가 세상에서 가장 부러워하는 일입니다. 아주 어렸을 땐 동네에서 모두 가는 피아노 학원에서 체르니까지 배우다가 잠시나마 플루트를 불었습니다. 플루트의 소리를 좋아했습니다. 중학교를 입학하며 관두었지요. 클래식 기타가 멋있어 보여서, 기타에도 손을 대었습니다. 한 줄의 현을 음계와 연결하는 일이 어려워서 나중에는 코드를 잡는 작은 어쿠스틱을 만졌습니다. 그러다 친구를 따라 드럼을 다루게 되었지요. 제가 지금 사용하는 말의 리듬은 그때 드럼으로 익혔습니다. 양손과 양발을 각자 떼어 다른 박자를 가지게 하는 일이 재밌었습니다. 취미로만 하는 일은 생활의 남는 시간 속에서만 할 수 있는 일이라, 대입을 준비하면서 그마저도 다 놓았습니다. 결국, 끝까지 다룰 줄 아는 악기는 하나도 없는 셈입니다. 그래도, 나는 그 많은 악기들에서 음악이 아닌 다른 것을 배웠던 것 같습니다. 미련이 남질 않았고, 악기에 대하여 가졌던 끈기는 이제 내게 없습니다. 그러나 여전히 언젠가 다루어보고 싶은 건 첼로입니다. 손. 당신의 손이 생각납니다.

쓸데없는 말을 하지 않는 게 어른일까요. 아니면, 오히려 아무 말을 많이 하는 게 결국 어른일까요.

그때의 우리는 교회 주일학교에서 자랐습니다. 교회는 어른들이 돌보지 않는 아이들의 시간을 위해 공간을 만들고 악기를 들였습니다. 친구를 데려가서 함께 악기를 배우고 노래를 불렀지요. 모든 걸 알았지만 아무것도 모르는 척하는 아이와, 아무것도 모르면서 모든 걸 아는 척하는 아이들. 사람과 만나고 이별하는 일까지 주일학교에서 일찌감치 배웠던 건, 아마도 신의 가르침이 있었던 걸지도 모르겠습니다. 아무튼, 많은 악기를 만지고 나만의 작은 음악을 만드는 일은 신의 허락으로 이루어진 일이라고 생각합니다. 공짜였으니까요.

아직도 첼로를 슬프게 여기는 까닭은, 어느 날 당신이 혼자 연주하던 모습을 지켜봤기 때문입니다. 교회라는 곳에서 성가가 아닌 다른 곡을 연주하다가 어른에게 들키면 꾸지람을 듣곤 했지만, 그날 빈 연습실에서 들리던 첼로는 신의 은혜나 사랑을 연주하지 않았습니다. 나는 연습실과 창문이 연결되어 있던 녹음실에 들어가 조용히 듣고 있었습니다. 나중에야, 그 곡이 '리베르 탱고'였다는 걸 알았습니다.

덕분에, 나는 탱고가 슬픈 음악이라고 여기며 살았습니다. 춤을 추기 위해 만든 음악을 아주 느리게 연주하면, 그 안에서 가느다랗고 슬픈 음들이 연결되어 있다는 걸 알았습니다. 특히 첼로로 연주하는 리베르 탱고는 울음이 복받칠 정도로 슬프게 여겨집니다. 당신의 손이 눌렀던 음악을 나도 언젠가 눌러볼 수 있을까요. 그런 날이 오게 될까요.

오늘은 고민 끝에, 몇 가지 일을 거절했습니다. 거절은 항상 어려운 일입니다. 거절을 제때 하지 못해서 하기 싫은 일도 꾸역꾸역 해낼 때가 있었고, 거절하지 않아서 도리어 작은 행운을 불러온 경우도 있었습니다. 처음과 끝을 가늠할 수 없는 일을 만나면 처음 보는 생물의 머리부터 꼬리까지를 상상하는 기분입니다. 내가 어디까지 해낼 수 있을지, 그것을 해낼 체력과 재능이 충분한지. 그것은 나의 머리와 꼬리를 염두에 두는 일이기도 합니다. 생활비를 벌기 위해 끊임없이 일이 필요한 사람이지만, 일을 진행하다가 벌어질 난관과 그에 대한 극복 방안 같은 걸 생각하느라, 일을 제안받는 건 내게 꽤 두려운 일이기도 합니다. 이 모든 과정이 작은 머릿속에서 침묵에 싸여 일어나기 때문에 나는 종종 망설임이 많은 사람이라고 주위에서 듣곤 합니다. 그럴 때면 조금 억울한 기분이 들기도 하지만, 신중하지 못해서 일어나는 실수가 일의 성취보다 더 오래 남아 마음을 괴롭힐 것이 분명하기에, 시간을 계속 씁니다.

나는 꽤 많은 시간을 허투루 쓰곤 했지만, 그래도 하고 싶거나 해야 하는 일을 많이 건너뛰지 않고 살아온 것 같은데. 어쩐지 오늘은 그 모든 시간이 나를 겨우 반 발짝 정도만 앞으로 가게 했다는 생각이 들었습니다. 내가 알기 위해 애썼던 무언가를, 누군가는 이미 알고 그보다 더 알아서, 폴짝폴짝 앞으로 갔습니다. 수많은 타인과의 비교가 결국 자신을 비참하게 하는 일이겠지만, 그늘인 줄 알고 쉬려던 곳이 누군가의 그림자 밑이라는 걸 알았을 때는 섬뜩함을 느끼고 다시 자리를 털고 일어났습니다. 자신에게 칭찬보다 비난의 입술을 가지는 게 더욱 쉽습니다. 그런데 나는 어디로 가려고 했던 걸까요. 오늘, 허공에서 보이지 않는 힘줄 같은 게 툭, 끊어지는 소리가 났습니다.

한참 걷다 보니 신촌이었습니다. 오늘은 차량이 다니지 못하도록 길을 막아 문화의 거리가 되어 있었습니다. 인도와 차도의 경계를 지우는 일만으로도 문화적인 일이 되겠지요. 허락된 구간에서 벗어나는 일. 수많은 사람들이 다니는 신촌은 물결처럼 일렁였습니다. 평상시에는 차가 왕복하는 교차로의 복판에서 음악가들이 버스킹을 하고 있었습니다. 마침, 다시 들었던 겁니다. 리베르 탱고.

당신이 청각장애를 앓고 있었고, 그래서 보통 사람들보다 아주 미약한 소리만을 감지할 수 있다는 건 나중에 알았습니다. 한 번도 말을 섞어본 적이 없고 당신은 이내 교회에서 만날 수 없었으므로, 나는 당신에 대해서 많은 걸 알지 못합니다. 나보다 나이가 어리거나 더 많았거나, 아무튼 친구가 될 수 있었을 텐데도 숫기 없는 나는 말 한번 걸어보지 못했습니다. 당신이 어디로 갔는지는 아무도 알지 못했습니다. 아마 당신이 첼로를 연주할 줄 알았다는 건 나만 알고 있었는지도 모릅니다.

생각해보니, 나는 어디로도 가지 않아도 되는 사람이 되고 싶었던 것 같습니다. 어디로 간다고 말하지 않아도 되고, 어디로 가라고 듣지 않아도 되는 사람이었으면 했습니다. 그렇게 나의 자리를 찾고 거기서 튼튼한 둥지를 만들고 싶었던 것 같습니다. 그러나 마침내 도착했다고 여긴 곳이 아주 좁고 뾰족한 산의 작은 모서리에 불과했다는 걸 알았습니다. 여기에 오래 있을 수는 없고, 다시 어딘가로 가야 할 텐데. 나는 오늘 가고 싶은 곳이 없습니다.

당신에게 첼로는 가고 싶은 곳이었을까요. 어쩌면, 어딘가에서 아직 첼로를 연주하고 있을까요. 나도 언젠가 첼로를 끌어안고 그런 음악을 연주할 수 있을까요.

첼로를 연주하는 자세는 마치 사람이 사람을 안아주듯이 껴안는 모습이니까요.

노동이라는
형벌

성서의 《창세기》를 보면, 노동은 신이 규율을 어긴 인간에게 내린 태초의 형벌이었다. 가장 처음의 인간이었던 자는 일하지 않아도 먹고 마실 수 있었고 입지 않아도 부끄럽지 않은 세상에서 살았다. 그런 그가 넘고 깨버린 금기는 연좌제가 되어 현대에 이르기까지 모든 인류를 노동하지 않고는 살 수 없게끔 만들었다고 한다. 아직 충분히 어리고 모자란, 그러나 끝나지 않을 것만 같았던 불행과 불운이 있기도 했던 나의 짧은 삶은 노동의 연속이었다. 생활은 시가 될 수 있다. 그러나 시는 생활이 될 수 없다. 가난하지는 않지만 그렇다고 풍족하지도 않았던 집안에서 자랐으므로, 시를 짓는 삶을 살겠다는 선택은 눈을 가리고 외줄을 타는 기분으로 영혼을 몰아넣었다. 균형을 놓치면 목숨을 놓친다는 긴장감. 나는 노동했다. 아주 보통의 청년으로 보통의 이십대를 지나며 온갖 종류의 아르바이트를 할 때마다 늘 태초의 인간을 생각했다. 그가 받은 형벌은 신이 인간에게 준 것일까, 인간이 인간에게 주고 있는 것일까.

인사동에서 보름간 열린 미술전에서 도슨트 비슷하게 일한 적이 있다. 규모가 작아서 작품들의 동선과 배치, 설치부터 해체까지 위임받아 진행했다. 작은 화랑을 거닐며 작품과 작품 사이를 구상하고 관객의 시야를 염두하며 빛을 골랐다. 어떤 작품은 사람을 오래 잡았고 어떤 작품은 사람을 쉽게 놓쳤고 어떤 작품은 사람을 되돌아오게 했다. 미술의 일은 문학의 일과 닮아 있었고 곧 사람과 사람 사이의 일과도 닮아 있었다.

전시를 철거할 때는 설치할 때보다 수월했다. 작품을 떼어 포장재로 둘러싸고 박스에 넣고 바닥을 쓸고 닦는 일이었다. 용달이 작품들을 수거해가고 빈 화랑 한가운데 주저앉아 쉬고 있었다. 그때 눈에 들어온 건 벽이었다. 희고 차고 두꺼운 회벽은 온통 못이 박혔던 구멍들로 가득했다. 셀 수 없이 많은 구멍들이 벽을 채우고 있었다. 그때 벽은 하나의 정확하고 확실한 이미지였다. 작고 깊은 못 구멍 속으로 아주 까만 어둠이 들어 있었다. 어쩌면 이 희고 밝은 벽의 안쪽은 어둠으로 가득한 건 아닐까. 밤마다 아무도 없는 화랑의 고독한 공기 속에서 벽은 어둠을 흘리고 있었던 것은 아닐까. 다음의 전시를 위해 회칠을 하고 구멍을 감추는 벽처럼, 사람 또한 자신의 구멍 위로 평생 표정과 기분을 덧칠하는 것은 아닐까. 그날의 벽은 내게 말했다. 그리고 나는 그것을 받아 적었다. 그 시의 이름은 '회벽'이었다. '회복'과 모양이 닮은 단어로 여겼다.

아무리 가려서 감춘다고 할지라도 우리는 상처받기 이전으로 돌아갈 수 없다. 가끔, 삶에 시간을 덧발라서 우리는 스스로를 속이기도 하겠지만, 나와 당신의 행복은 어쩌면 이미 세상에 없는 희망일지도 모르겠다. 그러니까 삶이 우리에게 형벌이라고, 무너지고 부서지고 가끔은 주저앉아 울면서 허물어져도 괜찮겠다. 그럼에도 다음, 다음으로. 눈물을 닦아주듯 서로의 표정을 가만히 매만질 수 있는 시간들이 있다면. 그렇다면 우리는 회복하고 있다고 믿어도 좋겠다. 서로가 서로에게 형벌 대신에 사랑을 말하는 순간들이 있다면, 어둠을 갱신해가며 살아갈 수도 있을 테니까. 그렇게 잠시나마 도달할 수 있는 세계가 있다고 나는 생각한다.

나는 여기서
내리지 않는다

영화 〈피아니스트의 전설〉은 이탈리아 소설가 알레산드로 바리코의 희곡 〈노베첸토〉를 원작으로 만들어졌다. 배우 팀 로스가 분한 주인공 '나인틴 헌드레드'는 1900년 1월 1일 갓 태어나 유럽에서 미국으로 이민자들을 실어 나르는 유람선 버지니아 호의 레몬 상자에 담겨 버려진다. 부모가 남긴 이름도 없이 버려져 여섯 살 때까지 석탄실에서 일하는 흑인 노동자에게 키워졌으며, 태어난 연도인 '나인틴 헌드레드'라는 이름을 가지게 된 그는 한 번도 버지니아 호에서 내려 육지를 경험해본 적 없이, 연회장에 있는 피아노를 접하고 가지고 놀면서 스스로 재즈를 깨우치게 된다. 천재적인 재능을 발견한 그는 성인이 될 때까지도 배에서 한 번도 내리지 않은 채 배의 악단으로 복무하며 버지니아 호에서만 거주한다. 헌드레드는 폐기 처분이 내려져 다이너마이트가 설치된 버지니아 호에서 자신을 끌어내리기 위해 마지막으로 찾아온 친구에게 이런 말을 한다.

"피아노를 생각해봐. 시작하는 건반과 마지막 건반이 있지. 88개의 건반이 있다는 것 외에 달리 설명할 수는 없어. 88개의 유한한 건반에서 자네는 무한한 음악을 만들 수 있어. 난 그 점이 좋아. 내가 살아가는 방식이기도 하지. 자네가 내게 배를 떠나도록 권유한 것은 수백만 개의 건반이 있는 피아노를 맡긴 것과 같아. 끝이 보이지 않았어. 그 피아노는 무한하지. 하지만 피아노가 무한하면, 자네는 어떤 곡도 연주할 수 없어. 그건 자네의 피아노가 아냐. 신만이 연주할 수 있지. 그 거리들을 봤어? 수천 개의 거리들을 말이야. 어떻게 그곳으로 내려가서 단하나의 길을 선택할 수 있지? 한 명의 여자, 하나의 집, 자네 땅 한 줌, 하나의 풍경, 오직 한 종류의 죽음. 끝이 어디인지도 알 수 없는 세상은 자네를 짓누르고 있다고. 그런 거대한 곳에서 산다는 것을 상상만 해도 정말 무섭지 않아?

난 이 배에서 태어났어. 세상이 나를 거쳐 갔지. 그것도 한 번에 2,000명씩의 사람들이. 이곳에는 희망이 있었어. 하지만 그런 희망은 배에서만 존재할 수 있어. 뱃머리에서 선미까지…. 내가 배운 것은 그렇게 사는 거야. 육지는… 내가 감당하기에 너무 큰 배야. 너무 아름다운 아가씨이고, 너무도 긴 여정이며 지나치게 강력한 향수지. 그런 음악은 어디서부터 손대야 할지 나는 모르겠어. 이 배에서 내릴 수는 없어. 기껏해야, 내 삶을 마감할 수 있을지 몰라도. 용서하게 친구. 나는 내리지 않을 거야."

　나는 불안하다. 그러나 이제 내게 불안은 원망이나 증오와 동의어로 작동하지 않는다. 단지, 버지니아 호에서 태어났을 뿐이다. 내내 육지를 밟을 용기가 없었으며 내가 가진 피아노만을 사랑했을 뿐이다. 그리하여, 기껏해야 내 삶을 마감할 수 있을 뿐일지라도, 나는 여기서 내리지 않는다. 여기서 불안을 지어먹으며 불안의 힘으로 무언가 연주할 것이다. 그러니 별수 없다. 멸망하는 날, 농담하며 앉아 있는 용기만이 내가 믿는 힘일 수밖에.

나는 너를
원해 Je Te Veux

그러니까, 이 이야기는 상투적이었지만 소중했고 일으켰지만 넘어뜨려버린, 이제는 아무래도 상관없는 이야기. 그러니까, 한 번쯤 어떤 날, 어떤 계절과 함께 보관되어버린 어떤 음악 이야기.

에릭 사티와 수잔 발라동의 연애는 단 6개월이었다. 1893년의 몽마르트르 언덕에서 일어난 수많은 사건과 사고들, 아름답고 위험한 연애와 싸움과 음모들 속에서 그들의 연애가 유독 특별하고 반짝거렸다고 할 수는 없겠다. 남자는 가난했고 여자는 자유로웠다. 그리고 반년을 함께 살다가 헤어졌다. 그 둘의 이별은 에릭 사티의 예민하고 편집적인 성격 탓에 수잔 발라동이 자살을 시도한 것이 계기로 알려져 있다. 〈Je Te Veux〉는 에릭 사티가 수잔 발라동에게 선물하기 위해 만들었다고 한다.

그에 대한 후대의 말은 대략 이렇다. 에릭 사티는 일체의 권위주의와 형식주의에 반발했으며 '음악은 집중해서 듣는 것이 아니라 가구처럼 익숙한 그 자리에 다만 놓여 있어야 한다'라는 말과 함께 '가구의 음악'을 주장하고 당대에는 인정을 받지 못해 불행했고 현대 뉴에이지 음악의 기틀을 구축했다는 등의 평가를 받고 있다. 〈Je Te Veux〉는 현대 영화와 드라마와 연극 등 많은 작품에 등장한다. 이 곡이 지녔다는 사연을 제쳐두고라도, 사랑에 영혼을 뺏겨버린 사람의 묘한 아릿함과 설렘을 그려놓은 선율에 당대 시인 앙리 파콜리가 사랑을 약속하고 찬양하는 말들로 범벅된 가사를 입혀놓았다. 이 아리아는 여전히 결혼식 신부 입장 주제곡 TOP 3에 포함되어 있다.

앙리 파콜리의 가사와 그것을 개사한 가사가 있고 번역에 따라 차이가 있겠지만, 앞부분은 이렇게 시작한다.

> 나는 알아요, 세상에 혼자인 듯한 당신의 고통을
> 나의 사랑아
> 또한 나는 당신의 희망에 순종합니다.

> J'ai compris ta détresse
> Cher amoureux
> Et je cède à tes vœux.

서로가 서로를 지속하고 교환하고 소유하려는, 욕심

인지 희망인지 분간하기 어려운 그 마음이 인류가 인류에게 훈련시켜 온 사랑이라는 관념에 가장 가까운 것인지는 모르겠다. 마음은 보존되지 않고, 건네줄 수가 없다. 내가 너를 사랑한다고 해도 그것은 어디까지나 나의 말과 행동, 나의 윤곽을 벗어나서 증명할 수 없다. 소멸하고 잊히거나 가까스로 조금 오래 붙잡으려고 할 뿐이다. 그 마음이 시간 속에서 증발하고 사라지는 순간에 이르러서는 사람에게 무엇이 남는 걸까. 왜 어떤 운명은 벗어날 수 없고 나와 너는 끝내 결별하고 증오로 남기도 하는 걸까. 내가 그때 알아야 했던 건, 아직도 모르고 있는 건 무엇일까.

에릭 사티의 〈Vexations〉은 괴팍하거나 심오하거나 신비롭다. 우울하며 기괴하고 마디 구분도 없이 조가 불분명한 음이 주를 이룬 단선 멜로디가 전부다. 괴로움, 고민, 애태움, 화냄, 고뇌 등의 뜻으로 번역 가능할 제목의 이 곡은 한 장짜리 단출한 악보 머리에 이렇게 적어 말한다. '연주자에게. 이 동기를 840회 연속으로 연주하시오. 사전에 각오와 함께, 절대적인 침묵 속에서 미동도 없이 연주하시오.' 그의 지시대로 곡을 완성하려면 스무 시간이 넘는다는 것이 입증되었다. 연주자도 듣는 자도 꽤 엄청난 각오가 필요하다. 사실상 이 곡은 음악을 무너뜨리고 음악의 바깥으로 향하기 위해 만들어진 느낌을 준다.

알려진 바, 수잔 발라동과의 이별 후에 만들어졌다고 하여 연인을 잃은 상실과 깊은 고뇌를 그 나름의 음악적 사유를 통해 표현한 작품이라고 해석하지만 확실하지는 않다. 덧붙여, 그녀와의 이별 후 30여 년간 독신자로 은둔하며 파리 빈민가에서 고독하게 살다 죽었다고 알려진 그의 이력을 미담으로 가꾸어 사용하려는 후대의 욕심이 작용한 해석일지도 모르겠다. 확실한 건 〈Vexations〉은 음악의 역사 속에서 최초로 만들어진 가장 길고 괴팍한 실험적 음악이다.

그러니까, 어떤 날, 어떤 계절과 함께 누군가가 좋아했었는지 좋아하지 않았었는지는 이제 아무래도 상관이 없다. 그 사람은 여전히 있겠지만 이제는 없고 음악은 있다. 나는 너를 원한다고Je Te Veux, 약속과 찬양으로 헌신했던 사람은 그보다 길고 깊고 어둡고 840번이나 반복되는 비참과 고뇌Vexations를 알게 되었다. 절대적인 침묵 속에서 어떤 미동도 없이. 그는 거기서 무언가 더 알게 되었을까. 아니면 알 수 없는 무언가를 끝까지 알려고 하다가 알 수 없다는 사실만 알고 말았을까. 그래서 다시는 아름다워질 수 없다고 믿었을까. 세상이 준 형식과 음표와 악보로는 도무지 가능하지 않았으므로, 도망치고 싶었을까. 결국은 도망가지 못하고 숨어버리는 일이 고작이었을까. 할 수 있는 말과 하고 싶은 말과 해야 하는 말이 뒤엉켜 마음은 갈라지고 무너지고 말았을까.

　말하지 않고 움직이지 않는 긴 시간 속에서 다시 노래할 수 있게 되었을 때, 내게 권한이 주어진다면 가사를 조금 수정하고 싶다. '나는 알아요, 세상에 혼자인 듯한 당신의 고통을. 나의 사랑아. 또한 나는 당신의 **고통**에 순종합니다.' 어쩌면 희망을 만들고 희망으로 지탱해야 한다는 믿음이 사실은 너무 아프고 강압적인 착각은 아니었을까. 깎고 자르고 뽑아서 조립해놓은 희망이 우리를 데려갈 곳은 결국 아무 데도 없는 건 아닐까. 발생하지 않는 희망을 길고 어둡게 끝까지 기다리며, 내가 다만 할 수 있는 일은 지금 없는 희망이 아니라 눈앞에 놓인 너의 견고한 고통에 참여하는 일은 아니었을까. 희망이 아닌 고통에 순종하는 방법. 그날의 우리는 서로를 연주하는 방법을 모르고 지나가버렸는지 모른다.

공평한 날씨는
없다는 것

몇 년 전 여름, 무턱대고 공항을 향한 적이 있었다. 대체로 집에 있기를 좋아하고 바깥을 돌아다니는 일이 많지 않아서 은둔하는 편이라는 애길 듣는 내게, 외출은 각오와 다짐을 수반하고 여행은 두려움의 터널을 오래 지나야 결심이 서는 일이다. 그런 내가 정신을 차려보니 공항이었다. 바람막이 한 벌과 보조 배터리, 당시 읽던 책만 욱여넣은 단출한 짐을 들고서. 부끄럽게도, 외국에 가려면 여권이 필요하다는 사실을 그때 깨달았다. 그렇다면 제주도였다. 여권 없이, 서울에서 가장 멀리 떠날 수 있는 곳.

제주 공항에 도착해 렌터카를 48시간 빌리고 나자 계획 없이 지출한 비행기 표와 렌트 비용이 아쉬웠다. 금방이라도 외국으로 떠날 것처럼 굴던 내가 고작 한 시간 정도 비행을 하고 나니 주머니 사정을 생각하게 된 것이다. 지금이라도 서울로 돌아가기엔 이미 지불한 객기의 값이 아까웠다. 돌아가기엔 이미 늦은 장소와 순간들. 그때의 나는 그런 일들이 괴로워 혼자 앓고 있었다. 그런 일들을 괴로워하며 사는 내가 한심하고 괴로워 더욱 앓았다.

제주 도심은 아무래도 서울을 닮아 있었고, 익숙한 풍경을 지우려고 아무 길이나 택해 차를 몰았다. '해변 도로'라는 이정표를 따라 조금 달리자 현무암으로 만들어진 검은 해변이 나왔다. 내비게이션 안내 없이 운전을 하는 경험도 처음이었다. 잠깐 자유로운 기분이 들었지만 이내 막막했다. 안내가 없으니 불안했다. 운전뿐만 아니라, 어느 순간부터 나는 삶의 모든 방향에서 내비게이션을 찾고 있었다. 단 한 번의 실수들이 모여 만들어지는 지속적인 실패. 삶을 전부 망가뜨리는 실패. 잠든 이의 그림자를 밟고 슬며시 다가오는 도둑 같은 그런 실패. 지금 다시 생각하면, 내가 그런 실패를 완전히 경험한 적은 없다. 아마 삶의 어느 순간에 그런 실패가 있었다고 해도, 나는 그 이후를 살았고 여전히 살고 있으므로, 끝내 완벽하게 끝나버리는 실패를 경험한 적은 없었던 셈이다. 그러니까, 나는 그 시기에 무슨 일이든 실패할지도 모른다는 생각에 사로잡혀 망상에 가까운 불안함을 껴입고 있었다.

그런 생각을 하며 차를 몰다 보니 어쩐지 관광객의 발길이 닿지 않는 듯한 해변에 도착했다. 주변에 카페나 식당도 보이지 않고 철거 중인 창고들이 어두운 모습으로 늘어서 있었다. 도로가 거기서 끝났고 다시 유턴해서 돌아나가야 했지만, 멀리서부터 보랏빛으로 젖어오는 저녁 하늘과 얕은 절벽이 보이는 그곳이 마음에 들었다. 시동을 끄고 모든 창문을 내렸다. 남서쪽으로 꽤 내려온 것 같은데, 그 작은 해변의 정확한 이름은 지도에서도 찾을 수 없었다.

사람의 마음이 망가지는 이유가 구체적이고 명확한 경우도 있겠다. 언젠가 정신분석학 학자들이 인간의 스트레스 반응 순위를 정리한 도표를 본 적이 있다. 서양과 국내의 통계 세부항목은 조금 달랐지만, 동서양을 막론하고 배우자를 비롯한 가족의 죽음이 상위권이었다. 이혼, 해고, 이사, 신체 이상 등 문화와 인종이 다르다고 해서 스트레스 요인에 별반 차이점은 없었다. 결국 사람이 정신적인 우울과 슬픔을 겪는 요인은 크게 나눠 실연과 실업이다. 자신이 속하고 연결되어 있던 관계와 직무와 장소를 잃어버릴 때, 사람은 아프다. 당연한 이야기다.

그러나 나는 되레 가장 평온한 순간에 얼굴에 비치는 그늘 같은 것이 쌓이고 쌓여서 사람의 마음이 절대적으로 망가진다고 생각하는 편이다. 불행은 그 예감만으로도 생활의 모서리를 깨뜨린다. 저녁 식사에서 밝게 웃고 즐겁게 대화를 나누던 이가 그날 밤 극단적인 선택을 했다는 이야기는 이제 너무 흔하다. 차라리 아픔의 구체적인 이유를 설명할 수 있는 상황이라면, 구체적으로 진단하고 표현하며 극복할 수도 있다.

그러나 사람은 모두 어딘가 조금씩 아프고, 보이지 않게 무너져 있는 것 같다. 스스로도 아픔의 원인을 알 수 없을 때도 있고 이전에 일어났던 고통의 부스러기가 마음의 습기를 먹고 더욱 자랄 때도 있다. 자신에게 무감각해져서 스스로를 고립시킬 때도 있다. 아는 한, 사람을 오래도록 깊은 병이 들게 하는 고통에는 자주 이름이 없다. 그것은 속수무책이고, 불현듯 사람의 마음으로 쳐들어온다. 이정표가 없는 장소처럼, 다시 돌아가서 해결할 수 없는 일들이 가장 정확하게 사람의 현재를 괴롭힌다.

눈을 떴을 때는 새카만 밤이 깔려 있었다. 열어둔 창문으로 벌레가 들어왔는지 기분 나쁜 날갯짓 소리가 들렸다. 차 안에서 시트를 젖힌 채 잠이 들었던 것이다. 이제 와서 숙소를 잡기에는 너무 늦은 시간이 아닐까. 그것도 그렇고, 꽤 오랜 시간을 있었는데도 와서 두드려보는 사람도 없는 그 외진 장소에 묘한 섬뜩함을 느꼈다. 조금 무서운 생각에 나는 내비게이션을 켜고 중문 관광단지로 차를 몰았다. 그날은 공영주차장 구석에 차를 세우고 차에서 몰래 잤다. 아침에 편의점에서 김밥 한 줄을 데워 먹었다.

카페 화장실에서 세수를 해도 거울 속 몰골은 영 씻은 태가 나지 않는 것 같았다. 어제 충동적으로 제주에 올 때까지만 해도, 상한 마음에 이제껏 해보지 않았던 모든 일을 다 저지를 수 있을 것만 같았는데. 하룻밤을 불편하게 지내고 나니 마음이 나아지기는커녕 더욱 서툴고 막막해졌을 뿐이었다. 차를 빌렸지만, 제주도 어느 곳도 가고 싶은 곳이 없었다. 바닷바람은 옷과 몸을 끈적거리게 만들어서 싫었다. 내비게이션으로 1139번 도로를 찍고 출발했다. 한라산을 올랐다가 내려가는 도로 중 가장 높은 곳까지 차로 갈 수 있는 도로였다.

아는 사람은 알겠지만, 1139번 도로는 한라산 상부에 다다를수록 예측할 수 없는 일이 일어난다. 당시 나는 그 사정을 모르고, 단순히 지도에서 산봉우리에 가장 근접한 도로를 골라 향하고 있었다. 도로가 능선을 올라타자 2차선으로 좁아지고 굴곡이 큰 커브가 자주 나왔다. 차가 많이 다니지 않아 한적했고, 키가 높은 침엽수들이 만든 숲이 도로의 양옆으로 펼쳐졌다. 햇볕이 깨운 흙과 식물의 냄새가 코와 눈을 씻는다는 착각이 들었다. 그러나 잠시 뒤, 투명하고 맑았던 시야가 1미터 앞을 구분할 수 없을 정도로 뿌옇게 막혀버렸다. 순식간에 짙은 안개가 들이닥친 것이다.

그때만큼 내 몸의 모든 감각이 곤두섰던 적은 단연코 없었다. 차선도 사라지고, 최대한 상향시킨 전조등 불빛은 흡사 흰 벽에 비춘 손전등 불빛처럼 안개를 더욱 공포스럽게 했다. 대낮이었는데도 아무것도 분간할 수 없는 상태가 되자 쉽게 차를 멈출 수도, 차에서 내릴 수도 없었다. 함부로 세웠다가 내 차의 비상등을 보지 못한 차량과 충돌할지도 몰랐다. 영화 〈미스트〉가 떠올랐다. 가드레일을 따라 박힌 노란색 반사체가 가까스로 내는 작은 빛이 없었다면 나는 내가 앞으로 가는지 뒤로 가는지도 알 수 없었다.

그 안개 속을 얼마나 걸려 빠져나왔는지는 지금도 잘 기억이 나질 않는다. 안개가 약간 헐거워지고 조금 더 멀리 볼 수 있게 되자 갓길에 차를 세우고 내렸다. 등은 땀으로 흥건하게 젖어 있었다. 30여 분이 지나 있었을 뿐인데, 마치 두세 시간은 족히 달려온 것 같았다. 안개 속에선 속도를 낼 수 없었다. 내리막으로 접어든 길 위에서 멀리 보이는 건 여전히 안개뿐이었다. 나는 왜 지금 여기까지 와서 이러고 있을까. 온당하지 못한 일을 벌이고, 온당치 못한 대가를 받고 있는 걸까. 분명히 아까 전까지만 해도 한여름의 햇빛은 누구에게나 공평하게 아름다웠다. 세상이 반짝거리고 있었다. 나는 길을 잘못 접어든 걸까. 이 날씨를 빠져나갈 수 있을까.

휴대폰 알람이 울리고, 지금 어디냐고 묻는 문자 메시지가 왔다. 그게 누구였는지 지금은 기억이 나질 않는다. 답장하지 않은 채 휴대폰을 주머니에 찔러 넣었다. 내가 불현듯 서울을 떠나 제주까지 와서 안개 속에 갇혀 있는 줄은 모르겠지. 아니, 내가 이렇게 멀리 와 있는 줄은. 그럴 줄은 몰랐겠지.

아무리 쉬어도 안개가 물러날 기미가 보이지 않았다. 다시 차에 올라 핸드브레이크를 풀었다. 안개를 지나려면, 안개 속으로 다시 들어가야 했다. 그때의 기억은 가드레일 불빛에 의존해서 아주 천천히, 핸들에 양손을 꼭 붙이고 오래도록 차를 몰았던 기억이 전부다. 능선을 내려와 고도가 낮은 지대로 접어들자 안개는 다시 거짓말처럼 사라졌다. 그쯤 되자 내가 안개에 갇혀 있었던 게 무언가에 홀렸던 건 아닌지 의심이 들었다. 차를 다시 세우고 내려서 지나온 길을 돌아보았다. 지독한 안개의 너머가 보이지 않았다. 나는 무엇 때문에 도망쳐서 지금 여기에 와 있을까. 떠나기 전까지만 해도 많은 일과 이유가 있었던 것 같았는데, 아무것도 기억나질 않았다.

문자 메시지에 다시 집으로 갈게, 라고 답장을 했다. 배가 고팠다. 아니, 배보다 더 깊은 곳에서 느껴지는 허기였다. 나는 내비게이션에 공항을 목적지로 설정하고 차를 몰았다. 단 하루였지만 내게는 너무 긴 일탈이었다. 지나가려면, 돌아가야 했다. 서울. 공평하지 않은 사람의 도시 속으로 다시 들어가기로 했다.

하얀
곰돌이

사실 난 글 쓰는 일에 영 자신이 없다. 시대를 꿰뚫거나 사람의 마음을 움직이거나 언어미학의 어떤 경지를 이룩하거나. 세계는 가끔, 공전과 자전으로 움직이는 게 아니라 뛰어나고 아름다운 예술가들이 무수하게 돌리고 있는 지구본 같다. 나 역시 그들이 만든 작품들을 영혼의 입으로 섭취하면서 자랐다. 그 사실이 내 삶을 어떻게 규정했든지, 덕분에 지금까지 삶에 대한 시야와 사유를 제공받을 수 있었다는 걸 감사하게 생각한다. 거기서 배운 지혜와 안목으로 가끔 닥쳐오는 삶의 갖가지 파랑들을 잘 넘기도 했고, 오히려 평탄하고 잔잔한 생활을 불안해하며 자주 뛰쳐나오기도 했다.

그러나, 지금의 나는 도통 자신이 없다. 열아홉의 그때로 돌아간다고 해도, 다시 예술가를 꿈꾸게 될까. 이십대의 거의 전부를 털어 넣고 도착한 이곳은 내가 정말 살고 싶었던 곳일까. 확실한 표지를 따라 걸어왔다고 생각했는데 요즘은 종종 막막해진다. 외국에 가기 전, 미처 그

나라의 글자는 제대로 배우지 못하고 글자의 모양만 암기해서 갔다가, 비슷하지만 다른 뜻의 글자가 적힌 이정표를 보고 착각하는 바람에 내가 가고 싶던 곳이 아닌 전혀 알지 못하는 낯선 곳에 도착해버린 심정이랄까. 그런 막막함이라는 이야기다.

세상에서 어려운 게 시뿐만은 아니겠지만, 시는 쓰면 쓸수록 어렵다. 이제 고작 첫 시집 한 권을 간신히 만들어낸 내가 꺼내놓기 민망한 말이지만. 이런 말은 아마 모든 시인들이라면 공감하다 못해 당연한 이야기를 하고 있다고 비웃음을 살지도 모르겠지만, 결국 평생을 써도 숙달한다거나 능숙해져서 수월해질 수 없는 일이라는 게 수많은 선배들의 증언으로 밝혀졌다. 시가 어렵다는 건 꽤나 진부한 이야기다. 사실 이건 예술 분야 전반에 걸쳐 당연한 말이기도 하다. 쉬운 일이라면 아무나 할 수 없을 것. 물론 재능의 영역이라는 게 존재해서 손쉽게 건너는 누군가가 있겠지만.

요즘 나의 어려움은 단순히 예술에 대한 고단함이 아니다. 나와 시를 둘러싼 주변 세상이 어느 시점부터 확변해버린 듯이 느껴지기 때문이다. 시 자체의 문제라기보다, 시를 소비하는 세상이 변모하는 확고한 계기가 어느 순간 있었다랄까. 스마트폰의 등장, 영상을 필두로 한 스트리밍 콘텐츠의 보급화, 코로나로 인한 펜데믹 시대의 개막 등 여러 가지 이유를 이유라고 설명할 수도 있겠지만, 특히 시와 시인을 소비하는 사람들의 태도가 여러모로 바뀌었다는 느낌을 받는다. 열아홉의 나로부터 서른셋, 지금의 나는 대체 얼마나 멀리 온 것일까.

　　낯을 많이 가리고 숨는 기질의 아이를 보면 어쩐지 마음이 짠할 때가 있다. 감정이입을 하기도 한다. 어쩐지 어렸을 적의 나는 꼭 그랬던 것만 같다. 사람들과 많이 놀면서 배웠어야 할 대화의 방법들을 나는 그러지 못하고 동생과 인형 놀이를 하면서 배웠다. 어렸을 적, 집에는 거의 없는 동물이 없을 정도로 수많은 동물 인형이 있었다. 토끼, 너구리, 쥐, 호랑이, 개, 말, 뱀, 개구리, 코끼리 등등. 하나의 동물성 왕국이었다. 물론 그중 나의 최애 인형은 곰돌이 인형이었다. 이름은 '하얀 곰돌이'였다. 지금 생각하면, 참 단순하고 직관적인 이름이다. 나의 두 번째 동생이자 딸이었고, 친구이자 보호자였으며, 다섯 살 때부터 대학에 가기 전까지 항상 머리맡에서 함께 잠이 드는 가장 최초의 연인이었다. 이 모든 설정들이 완성되기까지 셀 수 없이 많은 인형 놀이를 했다. 하얀 곰돌이는 아무도 듣지 못하는 목소리를 가졌고, 나는 진작 하얀 곰돌이에게도 영혼이 있음을 깨닫고 비밀로 해주었다. 어릴 적 처음 만난 인형들은 그렇게, 인생에서 가장 최초의 내 편이 되어준다.

어느 날 본가에 들렀을 때, 엄마가 거실에 잘 진열해둔 하얀 곰돌이를 다시 만났다. 그동안 잊고 지냈다는 사실을 깨닫고는 기분이 묘했다. 내가 그토록 사랑하던 친구를 나는 잊고 살았다. 독립하면서 나는 아주 최소한의 짐을 꾸렸다. 그럼에도 인형 하나 정도는 챙겨갈 수 있었겠지만, 어쩐지 그러고 싶지 않았다. 나의 수호자를 떠나 광야로 간다는 생각도 들었다. 내가 어른이 되었기 때문일까? 어른이라는 건 유년의 모든 친구와 동네와 부모를 떠나서 혼자가 되는 일일까? 혼자로도 괜찮은 사람이 될 수 있는 걸까?

생각해보면 진정으로 무언가를 즐기고 꿈꾸고 몰입할 수 있는 일은 '혼자'라는 시간과 공간에서만 가능한 게 아닐까 싶다. 혼자 꾸몄던 작은 모험과 사소한 위험. 몇 날 며칠을 놀아도 끊임없이 넓어지는 놀이의 세계. 작은 방에서도 지구의 넓이만큼 확장할 수 있는 놀이의 시간들이 내게도 있었다. 거기서 놀았던 일들이 어느새 아득해져버렸을까. 나는 놀이 속에서 유능했고 무한했다. 무엇이든될 수 있었고 무엇도 나쁘게 만들지 않으면서 현실을 잠시 떠날 수 있었다.

지금의 나를 만든 모든 건 그런 놀이들에서 탄생했다. 글을 쓰는 일도 놀이의 일부였다. 개인의 놀이 속에서 꺼낸 일을 남들에게 보여주기 시작하면서, 나는 늘 두렵다. 현실과 무관해야 할 일들이 현실을 만들어 갈 때, 그것은 종종 멋지고 경이롭지만 자주 빠르고 무섭다. 나의 놀이는 어디까지나 나만 재밌는 일이 아닌가. 그렇게 부담스러우면 하지 않으면 되지 않느냐고 말하는 이도 있겠지만, 글쎄. 이제는 다른 방식의 삶이 잘 떠오르지 않는다. 아마 나의 용기가 부족한 탓도 크겠다. 망설임은 왜 재능이 될 수 없을까.

　오랜만에 품에 껴안아본 하얀 곰돌이는 몸속의 솜이 푸석푸석하게 느껴졌다. 내가 떠난, 나의 친구. 그러나 여전히, 하얀 곰돌이의 투명하고 반짝거리는 눈동자에는 내 얼굴이 비쳐 보였다.

자폭

별난 사람을 좋아하는 편이지만, 타인을 재료로 작동하는 별남은 싫다. 타인을 앙상하게 깎거나, 반대로 타인을 광적으로 보존하려는 그 어느 쪽도 멋지지 않다. 자폭이 제일 멋지고 무섭다. 그런 사람은 주변을 파괴하지 않으면서 번쩍번쩍, 한다.

지금부터는

쓰레기를 버리러 나가는 사소한 일조차 하지 않았다. 현관을 여는 일은 현관을 열어야 한다는 다짐까지 필요로 했다. 먹고 싶으면 냉장고에 들어 있는 냉동 음식을 대충 녹여 먹고, 씻고 싶은 기분이 들 때 씻었지만 가능하면 자주 씻지 않았다. 암막 커튼으로 모든 창문을 가린 채 주황빛이 도는 책상 스탠드 하나만 켜고 오래 지냈다. 그 와중에도 묶어둔 쓰레기봉투가 늘어나는 게 부담스러워서 나중에는 쓰레기를 최대한 발생시키지 않으려고 배달 음식의 일회용 용기를 씻어서 재활용했다. 현관. 현관을 열기가 너무 힘들었다. 그런 우울이었다. 한 달 정도를 그렇게 보냈다.

이해할 수 없는 일이 닥쳤을 때 어떤 이는 여행을 떠나기도 한다. 지금 삶의 반경을 멀리 떠날 때 비로소 보이게 되는 일들이 있다고들 한다. 여행은 새로운 곳을 체험하는 일이 아니라, 새로운 곳에서 익숙한 날들을 새롭게 보는 경험이라는 말도 있다. 그렇게 극복되는 사람이 많을 것 같다. 그러나 나의 이해는 그런 식으로 작동하지 않았다. 문을 잠그고 창문을 닫는다. 검정은 가장 가라앉은 자들의 보호색. 어둡게. 그리고 깊게.

스스로의 처지를 비참하고 하찮게 만들고 나서야 조금 깨달았다. 나는 나에게 벌을 주고 싶었다는 걸. 자신을 용서하느라 사람은 자신에게 타인의 동의가 없는 형벌을 만들기도 한다.

간신히 현관을 열고 나왔을 때, 현관의 무게는 예전 그대로였다. 행여나 영영 열리지 않는 문이 되지 않았을까 싶었는데. 거리의 햇볕이 외계 행성의 불빛 같았다. 오랜만에 친구와 소주를 마셨다. 취하지 않았다고 생각하며 돌아왔지만, 나는 집 안으로 들어가지 못하고 현관 앞에 앉아 잠이 들었다.

갑자기 시작하고 불현듯 끝나고 마는 게 연애라지만. 그때 그토록 당황스러웠던 건, 내가 그것을 인정했기 때문이다. 어느 날 나는 그토록 많은 약속을 만들었던 사이를 완벽하게 배신했다. 처음에는 상대에게 이유가 있었기 때문이라고 감정을 정당화했지만, 그 깊고 어두운 나의 감옥에서 한 달 동안 깨달았던 건, 내가 먼저 서로가 결속한 마음을 완전히 떠나왔다는 사실이다. 거기에 덧붙인 이유들은 내가 만들어낸 비겁하고 치졸한 출구였다. 그

단 하나의 사실을 차마 인정하지 못했으므로. 내가, 이제 사랑하지 않는다. 아무런 이유도 없이, 그저 시간 속에서 수명을 다한 건전지처럼.

사랑이 힘들고 어려운 이유는, 역으로 스스로 자신의 결핍과 공허를 마주치게 되기 때문 아닌가 싶다. 처음에 그 부분을 함부로 건너뛴 자들은 미움으로 연애를 마무리한다. 그 미움은 사실 자기 자신에 대한 자멸을 공멸로 치환했다는 죄책감인지도 모른다. 목소리라도 듣고 싶다는 문자를 받은 날부터 나는 집에 틀어박혔다. 슬프고 미안했다. 그러나 슬픔과 미안함은 사랑이 아니다. 고민 끝에 답장을 했다. 이제 연락할 일 만들지 말자. 서로가 보이지 않게 하자. 나도 그렇게 할게. 잘 지내.

시간이 흐른 지금에도 참 알 수 없는 건, 그때의 나는 그렇게 끝날 날들이 왜 아주 오래 지속할 거라고 스스로를 속이고 있었을까 하는 것이다. 관계를 깨뜨리고 부술 만한 잘못은 누가 먼저 시작했을까. 결국 서로 잘못한 사이보다도 더 못한 사이가 되어 다른 세계에서 살아가는 일. 나는 그러지 않을 것이라고 왜 믿고 있었을까. 무슨 근거로.

그러니 이제야, 정확하게 말할 수 있다. 너를 더는 사랑하지 않는다. 당신은 단 하나의 인간이었고 단 하나의 인류였다. 그러니 내게는 종말이다. 재앙이다. 함께 멸망해주지 못했다. 이제 지구에서는 다시 만나지 말자. 지금부터 다른 짐승이다, 우린.

다짐

언젠가 사는 집엔 욕조가 있었으면 좋겠다. 스무 살 즈음 집에 잠깐 욕조가 있었는데, 거기 앉아 샤워기로 물 맞으며 수행 놀이를 즐겨 했다. 한 시간을 그렇게 돌처럼 욕조 바닥에 앉아 물을 맞으면 마음 같은 게 작게 접혀서 들고 다닐 만했는데.

나는 마음을 능숙하게 유통하는 어른이 되고 싶었는데 문득 생각해보니 마음을 능숙하게 거절하는 법만 배우면서 사는 것 같다. 어쩌겠나 싶기도 하고. 다만 오늘은 오늘의 감기약을 털어 넣고 약이 핏속에 녹는 느낌을 상상했다.

감기 걸리고 몸이 왜 이렇게 약해졌냐는 말을 많이 들었는데, 오늘 단 한 사람만이 "일이 그렇게 고되어서 어떡해"라고 해주었다. 단순한 차이인데 전혀 다른 말. 위조할 수 없는 다정은 시야의 위치부터 다른가 보다. 너의 잘못이 아니야. 그렇게 말할 줄 아는 마음의 체력만큼은 지키고 싶다.

생각하면 꽤 고통스러운 느낌이 남아 있는 시절이 있는데, 다시 잘 생각해보면, 기뻤고 선했고 충만했던 그때가 고통스러운 게 아니라 그 이후의 날들을 연속하는 잔잔한 고통들이 기억에 남았기 때문인 것 같다. 미련도 저마다의 체질인가 보다. 별로, 그립지 않다.

12월. 지나간 것은 지나간 대로 의미가 있다는 말을 알 것도 같은. 시간이 협력한 날들이었다. 충분한 겨울을 다시 걷자. 내가 가진 곡식들을 나누러 가자. 그리고 돌아와 눈 쌓인 창틀에 양초를 켜고 담요 속의 다정한 어깨가 되자. 어느덧 울음을 멈추고 쿠키를 나눠 먹는 마음을 간직하기로, 하자.

일요일

신성하지 않은 세상이
신성하게 여기는 것을 조심해야 할 것.

가장 깨끗한
절망

모든 고통의 총합이 나의 용량을 넘었을 때가 가장 깨끗한 절망 같다. 그래서 눈물은 쏟아진다는 표현이 잘 어울린다.

영화 〈이터널 선샤인〉 원안에는 나이 든 조엘과 클레멘타인이 여러 번 기억을 지우고 만나고를 반복했다고 설정되어 있다. 잊을 용기와 잊지 않을 용기의 합량이 만남을 견디게 하는 총량을 결정하는지도 모른다. 나를 잊으면 사랑이 되고 너를 잊으면 이별이 된다.

놓쳐버린 걸 놓아주었다고 말하는 변명은 병명에 가깝다. 끝내 상실을 버틸 기력이 없어 그런 식으로 운다. 자기 자신이 제일 잘 안다. 사실 떠날 것들은 떠나기로 되어 있다. 그리움은 거기에 덧붙인 우표 같은 것이다. 멀리 보낼수록 비싼.

견디기 쉬운 사람이 있다. 그건 그 사람이 쉽고 가벼워서가 아니라, 자신의 일부를 그 자신이 절반 이상 스스로 견디고 있기 때문이다. 다정하되 다정함을 무기로 사용하지 않는 사람. 애정과 관심을 화폐로 이용하지 않는 사람. 그럼에도 두려워 거두거나 용량을 한정하지 않고 묵묵히 손을 건네는 사람.

나는 그런 사람에게 영혼을 배운 적이 있다.
잊지 말고 잃지 말자.
아직 남은 이들에게.
내게 남아준 이들에게.

저린
어깨

"이거 다 읽으셔야 해요."

그녀를 처음 만난 건 서울 모처에 마련된 한 사무실에서였다. 나는 다소 겁을 먹은 상태였다. 본의 아닌 업무를 맡게 되어 뜻밖의 출근을 한 상태였으므로.

처음 듣기로는 단순히 일정 기간 사무 보조를 하면 되는 일거리였다. 평소 한두 번 인사를 나눈 게 전부인 선배에게 아르바이트 제안이 들어왔다. 일주일에 두 번 정도 사무실로 출근하며 문서 수발이나 간담회 현장 지원을 하는 일이었다. 박근혜 정부 시절 문화예술계에서 시행된 블랙리스트 사건의 진상 조사와 제도 개선 업무를 위해 한시적으로 창설된 위원회였다. 국가 시스템과 공무원에 대한 비위 행위를 파악해야 하므로, 조사관과 법률가를 비롯해 각 예술 분야의 전문성을 가진 다양한 사람들이 함께 모여 근무를 하는 곳이었다. 입이 무겁고 손이 빠른 젊은 예술가를 아르바이트로 고용하자는 생각은 그 선배의 생각이었다. 단순히 후배의 생활을 조금이나마

도와주려는 의도뿐만 아니라, 다음 세대의 예술가가 이 일을 기억하고 보존해주기를 바라는 생각이었음을 나중에 들은 적이 있다. 나는 그 생각이 어렵고 무거웠지만 공감했다. 그러나 상근이 아닌 단순히 사무 보조일 뿐이니, 내가 본격적으로 접근하거나 가담할 일은 그리 많지 않으리라는 생각에 부담을 놓고 하겠다고 한 일이었다. 그러다가 출근 일주일을 남겨두고, 부득이한 사정으로 근무를 지속하지 못하게 된 선배의 자리에 내가 대신 상근으로 급하게 들어가게 된 것이다. 몹시 당황스러운 일이었다. 시인이 된 지 아직 10년이 채 되지 않은 내가 동종업계의 심연과 음모와 권력 관계에 대해서 알면 얼마나 알겠는가. 그럴 자격이 내게 있는가. 도움이 될 자신이 없다고 선배에게 앓는 소리를 했지만, 한편으로 일종의 부채감을 느끼며 결국 출근을 하게 되었다. 기억하는 일. 나는 문학 하는 자의 무기가 끈질긴 기억과 지치지 않는 감수성이라고 배웠다. 문학이 도끼처럼 깨부숴야 할 얼어붙은 바다는 때로 이 세상이 아니라, 세상의 크고 어두운 그림자에 놀라 스스로 집어먹은 두려움과 초라함일 수도 있을 테다.

언뜻 보니 대략 30명 남짓 되는 사무실 인원 중에서 그녀를 제외하고는 단연코 내가 가장 나이가 어린 사람이

었다. 그녀 역시 나보다 두세 살 위였고, 마침 회의실 문을
벌컥 열자마자 몹시 두꺼운 서류 뭉치를 어둡고 넓은 원
탁 위로 쿵! 하고 던지듯 내려놓은 것이다. 어설프고 당황
스러운 표정과 자세로 혼자 멍하니 앉아 업무 안내를 기
다리고 있던 나는 한층 더 겁이 났다. 책상 위에서부터 내
인중 높이까지 쌓인 서류들은 대체 이게 몇 장인지 셀 엄
두도 나지 않았다. 주요한 사건들의 경위와 증거가 적힌
자료들과 현재까지 진행 상황이 담긴 판결문들이었다.

"이걸 언제까지 다 읽어야 하죠…?"

"빠르면 빠를수록 좋죠."

미심쩍은 표정. 그녀의 눈빛은 내 각막을 넘어 동공
의 안쪽까지 관찰하는 느낌이었다. 그 말을 하고는 다시
문을 쾅 닫고 나가버렸다. 나는 나의 용기가 양초처럼 꺼
지는 것을 느꼈다. 피시이익. 현실을 고려하지 못한 이상
주의자라면 차라리 무턱대고 차오르는 무모함이라도 있
어야 할 것을. 나는 지난 결정을 모조리 후회했다. 실수
로 교실에 큰불을 지르고 난 후에 교무실에 불려온 것 같
았다. 거기 적힌 문장들은 한 번도 본 적 없는 외국어처럼
느껴졌다. 법의 언어라는 건 말의 내피와 외피가 모두 철
로 만들어진 갑옷 같았다. 이토록 냉정한 언어라니. 나는
혈액이 없는 문장을 다루어본 적이 없다. 법의 언어를 구

사하는 자들 역시 이런 영혼을 가졌을까? 그녀는 변호사 단체에서 파견을 받고 문학 분야 업무에 합류한 변호사였다.

그 업무를 하며 가장 좋았던 건 구내식당이었다. 혼자 살면서 늦은 시간 끼니를 대충 때우던 야행성 인간인 나는, 해가 뜬 점심시간에 쌀밥을 먹는 일이 어느 순간 미련을 버렸던 사회인으로서의 역할을 체험하는 일로 여겨졌다. 사무실이 있던 건물의 구내식당 밥은 입에 꽤 맞았다. 이 커다란 일과 사람들 주변에서 나는 대체로 묵묵하게 기록하고 때로 아주 사소하고 얕은 지혜를 보태면서 이리저리 굴러가고 있었다. 업무 대부분은 내가 잘 이해하지 못하는 사회와 시스템의 사정이었고, 일 때문에 만나게 되는 다양한 분야 지식인들의 말은 나름의 재미도 있고 유익했다. 그러나 지금 생각하면 업무를 사유하는 나의 관점과 시야는 낮고 흐려서 멀리 보거나 오래 보지 못했다. 본래 하려던 잡무에 더욱 정성을 다하는 것으로 나의 업무적 모자람을 벌충하려고 애를 쓰던 날들이었다.

그날도 분위기를 살피면서 적당한 말을 골라 하며 사람들과 구내식당에서 점심을 먹었다. 맞은편에 앉은 그녀는 대체로 화가 많은 듯이 보였다. 처음엔 첫날의 기억 때문에 무섭고 어려워서 슬금슬금 피하다가도 점심마다 어쩔 수 없는 구내식당 자리 부족 문제로 함께 자주 밥을 먹다 보니 그녀의 성격을 유심히 관찰하게 되었다. 나는 애초에 무언가 화를 내는 사람이 있으면, 불난 곳에서 발생하는 연기조차 마시지 않기 위해 빙 둘러가듯이 피해 다니는 사람임에도, 그녀의 화에는 묘하게 재밌는 구석이 있었다. 그녀의 관심사 혹은 분노 유발 대상은 크게 두 부류였는데, 하나는 사회적 불평등을 비롯한 반민주적 처사를 자행하는 정치적 인간이고 다른 하나는 자신이 맡은 일의 기능적 책임과 윤리적 책임을 다하지 않는 일종의 태만한 인간이었다. 사실 두 부류가 대체로 동일한 원리로 작동하는 같은 종류의 인간 유형임을 나중에는 알았다.

내가 신기했던 건 그녀의 화는 본인에게 일어난 해악을 넘어 사회 전반으로 뻗어가며 마치 본인이 당한 일처럼 느끼며 신경이 펼쳐져 있다는 것과 더불어, 그 화가 어둡고 위험한 느낌이 아니라 푸슉푸슉 터지는 작은 불꽃놀이 같았다는 것이다. 뒤끝이 없고 잔광과 잔향이 오래 남지 않는 폭죽 같은 감정이었다. 주로 사소하고 개인적인 일로만 분노하고 또 그 분노를 제대로 해소조차 못 해서 더 부정적인 후유증이 남는 내가 보기에 그녀는 쉽게 화를 내고 또 쉽게 즐거워했다. 슬픔이나 우울은 그녀에게 작은 자리도 허락받지 못한 듯이 보였다. 우리는 정반대의 사람이었다. 그게 신기했다.

아프고 침울하지만 기쁘고 아름다운 사람들. 나는 나의 동료들을 그렇게 생각한다. 내가 만난 이들은 다들 어딘가 크게 부서져 있었지만, 쪼개진 벽의 틈새로 자라는 풀꽃 같은 것들을 하나씩 가지고 있었다. 순수하거나 순진하고, 그래서 나쁘고 추악하며 끈질긴 예술가들. 블랙리스트 사건은 그런 일이었다. 국가가 반정부적인 성향을 지녔다고 판단한 예술가들의 이름을 몰래 적고 모았다. 모든 예술 분야를 모아 자그마치 9,473명의 이름을. 그리고 그것을 예술인들을 지원하기 위해 작동하는 모든 기관의 머리맡에 붙여두었다. 여기 적힌 사람들에게 지원하지 말아라. 국가의 눈앞에서 치워라. 그들이 비판해대는 목소리가 듣기 싫어서 아예 목구멍을 막아버리려고. 국가 시스템이 지원하는 보조금 없이는 생활할 수 없거나 유지하기 힘든 분야의 예술인들은 이 사실을 모른 채, 매년 열리는 각종 공모전과 지원 정책에 신청했다. 어떤 예술인 혹은 예술단체들은 지원 자격을 충분히 채우고도 떨어졌다. 출품한 작품의 수준과 가치가 부합하지 않는다는 이유로. 국가는 예술인을 국가의 암세포로 사유했다. 제거하고 제외해야 할 국민. 그 책임마저 교묘하게 은폐하며 예술가 개인의 생존을 위협하는 방식으로 그들을 협박했다. 이 위험한 발상은 현대 민주국가가 해서는 안 되는 생각이었다. 우리는 그런 힘을 국가에게 부여한 적이 없다. 그런 일들을 벌여도 된다는 국가의 착각을 바로잡기 위해, 지난 사람들이 너무 많은 피를 흘리지 않았나. 그리 먼 옛날도 아닌, 채 100년도 지나지 않은 피 웅덩이가 그들의 눈에는 보이지 않나.

"오늘도 시 쓰러 가요? 저녁 먹을래요?"

2주 내내 퇴근 시각 즈음이면 그녀에게 메시지가 왔다. 처음에는 겁먹은 듯 행동하는 나와의 분위기를 무마하려는 줄만 알았다. 업무를 하려면 서먹하게 지내서는 어려울 테니까. 그러나 그녀는 어설펐다. 우리는 고된 업무가 끝나면 지친 상태로도 사무실 주변 식당으로 덮밥이나 칼국수나 초밥 따위를 먹으러 다녔다. 그녀는 피곤이 가득한 기색으로 음식을 얼마 먹지 않으면서도 꾸준하게 저녁을 같이 먹자고 말했다. 밥을 사주는 일이 그녀가 연애적인 호감을 표시하는 유일한 방법이라는 걸 2주째에 알아차렸다. 서른이 넘은 어른의 방식치고는 너무

나 어설프고 단순했다. 주야장천 밥이라니. 그때의 나는
연애라는 관계에 모조리 지친 후였다. 변하지 말자고 하
는 약속들은 언제나 허술했고 지속할 수 없었다. 끝내 서
로 닿을 수 없는 세계로 흩어진 후에는 서로가 있던 자리
에 후회와 고통만 오래 남는 일. 당시에 나는 생명의 여분
을 누군가와 나누기에는 너무 지쳐 있었다. 무엇을 받고,
무엇을 주어야 하는지. 받을 수 없음에도 만족하거나 줄
수 없음에도 미안해하지 않는 일. 그녀는 식사 내내 이런
저런 질문을 하고 또 대답했다. 그 대화 역시도 너무나 밋
밋하고 시시콜콜해서 내가 조금 더 둔한 사람이었다면 아
마 1년이 걸려도 알아채지 못했을 것이다. 그녀의 서투름
에 웃음이 났다. 어쩐지 그런 웃음이 오랜만이라는 생각
이 들었다.

주말에 영화를 보러 가겠냐고 물었다. 그녀가 웃었
다. 세상과 사람을 상대하며 화를 내느라 늘 찌푸린 미간
이 저렇게도 넓고 순해질 수 있구나, 생각이 들었다.

아내에게 그때 이야기를 하면서 놀리면 지금도 당당
하게 사람이 피곤하면 그럴 수도 있지 않느냐고 한다. 아
내는 나와 처음으로 영화를 보러 간 날 영화 초반부터 끝
날 때까지 잤다. 나는 아직도 그 영화를 기억한다. 〈러빙

218

빈센트). 고흐의 작풍을 따라서 애니메이션 기법으로 고흐의 일생을 그린 영화였다. 그녀는 치열하고 외로운 고흐의 일생을 베개 삼아 푹 잤다. 슬쩍 갖다 댄 내 어깨에 침도 흘리면서. 이후로도 종종 그녀를 일부러 극장에 데려가서 재웠다. 적군처럼 밀려오는 온갖 업무에서 그녀를 구출하는 나만의 방식이었다. 그녀가 깰까 봐 옴짝달싹 못 하고 영화에 집중하는 일. 그 극장들에서 나는 사랑의 자세를 조금은 배웠던 것도 같다. 저린 손을 쥐었다 폈다 하면서, 누군가에게 체온을 가진 베개가 되는 것.

최근 문화예술계 블랙리스트 직권남용 혐의를 받았던 당시 주요직 인사들이 오랜 재판 끝에 무죄를 선고받았다. 상처받은 자들이 있으나, 상처를 준 자들은 없다는 것. 그리고 이 사실마저 사람들 기억 속에서 시간에 덮이고 말았다는 것. 그 모양이 마치 어느 누구나 한 번쯤은 건너왔던 서툴고 치졸한 삶의 형태와 닮았다는 생각이 들어서, 결국 사람의 일이라는 건 어쩔 수 없는 건가 싶기도 하다.

아내는 여전히 저 일들이 선한 방향으로 마무리되도록 조력하고 있다. 이제는 아무도 신경 쓰지 않는 것 같다고, 서운한 기색을 비치는 아내의 찌푸린 미간을 유심히 보았다. 세상에 걸린 일들의 옳고 그름을 가늠할 재량이 내게는 없지만, 저 미간에 대해서라면 나는 세상에서 가장 잘 안다. 야근을 마치고 지쳐 돌아온 그녀를 이제 극장에 데려가지 않아도 된다. 다만 저린 팔을 몰래 빼서 주무르는 밤들이 계속되겠지만, 그게 내가 가진 가장 큰 평온이라는 사실에 삶에서 처음으로 매일의 꿈마다 안심이 오래 머물고 있다.

사랑의 자세를 가지고 세상과 모두에게 화평하여지자고 말하는 건 너무나 허무하고 맹랑한 생각이라는 걸 안다. 철없고 우습다. 우리는 각자 하나의 우주고, 섞일 수 없는 고유의 세계다. 그러나 언젠가 한 번쯤은 각자의 극장 속에서 상대의 무게를 조금 지탱해주는 저린 어깨가 될 수는 없을까. 잠시나마 섞이지 않는 서로의 우주를 포개면서 살아갈 수도 있지 않을까. 그런 사랑을 감히 요청하고 싶은 날들이 지나고 있었다.

2021년
5월 31일

구청 정문으로 가는데, 맹인 안내견 훈련을 받는 건지 주차장에 어린 레트리버 두 마리가 있었다. 형광 옷을 입고서는 지나치는 사람에게 열렬하게 꼬리를 흔들어대는 레트리버가 우스웠다. 조련사가 당황하며 강아지들을 말렸다. 아이고, 사람을 그렇게 좋아해서 어떡해 너희. 맹인 안내견이 얼마나 힘든데, 할 수 있겠어? 근데, 너희 왜 날 따라오니? 저리 가.

아내는 그날을 어떤 계시로 여기고 있다. 정문에서 나를 기다리며 저 멀리 귀여운 레트리버들을 홀린 듯이 보고 있는데 내가 등장해서 개들을 몰고 다가왔다고 한다. 아무래도 자식을 둘은 낳아야겠다고 한다. 그런 계시라고 생각한단다. 잠깐만. 천천히 생각해보자 우리. 우리도 부모가 될 수 있을까? 응? 아내는 자신이 하고 싶은 대로 할 테니 나보고 반박 의견은 제시하지 말라고 했다. 몹시 당황스럽다.

혼인신고를 했다. 결혼식은 하지 않았다. 그게 충분히 우리답고, 자그맣고, 충분해서.

꿈꾸지 않았던 꿈으로도 설명할 수 있는 미래가 있겠다.

그러니까 나는 이제부터 가능하면 오래도록, 사랑을 말할 수 있는 사람이 되고 싶다.

나가면서

밴댕이나 굵은 멸치와 함께
잘 말린 다시마 토막을 집어넣고
무를 두툼하게 깍둑 썰어 육수를 끓이다 보면
무의 투명함을 기다리게 됩니다.

다진 마늘 듬뿍,
여기에 어묵을 넣을 수도 있고
청경채와 파를 썰고 얇게 저민 소고기를 넣거나
우동 면을 삶아 쑥갓과 데쳐
잘 말아 먹을 수도 있습니다.

그러나 가장 먼저 하는 일은
무의 투명함을 의심하는 일입니다.
잘 익었을까? 하고 젓가락을 하나 들어
콕 찔러보는 일이지요.

왜냐하면, 어묵이나 소고기나 우동 면이 아니라
잘 익은 무를 가장 맛있게 먹는
사람이 있기 때문입니다.

무의 조각들이 투명해질 때까지
그러나 너무 익혀 부서지거나
녹아 사라지지 않을 때까지,
보글보글한 냄비를 지켜보는 일은
이걸 주고 싶은 사람이 있기 때문입니다.

기억이란 건, 꿈결에 찾아와
아침이면 생각나지 않을 말들을 속삭이고 가는
아주 무섭고 그리운 유령 같은 것이어서
이 밤을 돌아다닐 땐 발뒤꿈치를 들고 걸었습니다.

있었던 일이었으나 이제는 없는 일입니다.
이 초라하고 헐거운 영혼을 중탕하면서
너무 오래 지켜보아야 했습니다.

그리고
내 기쁘고 조용하고 지키는 이들에게

저의 목숨이 그들보다 먼저 그들을
떠나는 일은 없을 겁니다.

여기까지입니다.
이제 우리는 우리가 동의하지 않은
모든 고통에서 벗어나도록 살아갔으면 좋겠습니다.

모두에게 미안했던 건,
사람의 일이었습니다.

나의 아름다움과
너의 아름다움이　다를지언정

ⓒ 최현우, 2021

초판 1쇄 인쇄　2021년 10월 27일
초판 1쇄 발행　2021년 11월 5일

지은이　최현우
펴낸이　이상훈
편집인　김수영
본부장　정진항
편집1팀　김진주 이윤주
마케팅　김한성 조재성 박신영 조은별 김효진
경영지원　정혜진 이송이
펴낸곳　㈜한겨레엔 www.hanibook.co.kr
등록　2006년 1월 4일 제313-2006-00003호
주소　서울시 마포구 창전로 70 (신수동) 화수목빌딩 5층
전화　02) 6383-1602~3 | 팩스　02) 6383-1610
대표메일　book@hanien.co.kr
ISBN　979-11-6040-671-9 03810

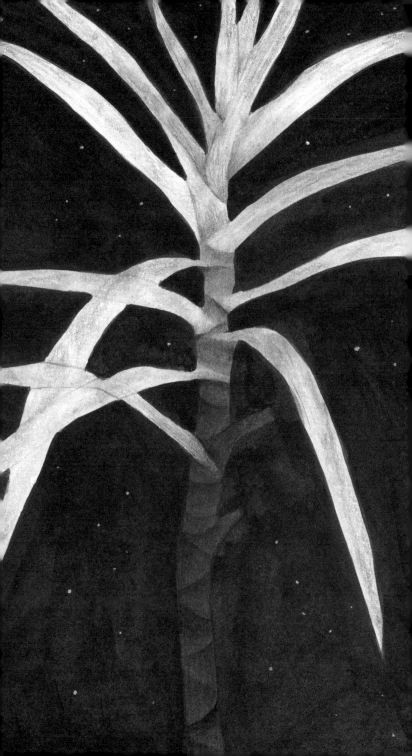